幸田文「わたし」であることへ

「想ひ出屋」から作家への軌跡をたどる

藤本寿彦

翰林書房

幸田文「わたし」であることへ◎**目次**

【写真提供・協力】

日本近代文学館・木村尚子／掲載写真の著作権につきましては極力調査しましたが、お気付きの点がございましたらご連絡下さい。

第一章

それは笑顔で始まった

幸田文のセルフイメージとメディア

日本芸術院賞の受賞が決定した直後、取材を受けて（「サンデー毎日」昭和32年3月3日号）

昭和三十三年四月に東京創元社から刊行された『番茶菓子』の函には、木々の繁る公園を散歩する幸田文の肖像がカラーで刷り込まれている。この随筆集は、「女の身のまわりの様々を、澄んだ眼で観察、豊かな文藻に托す絶妙の随筆集。四季の花、きもの、おしゃれ、掃除、人と人とのつながり……古典感覚を現代に生かす著者の本領を示す傑作59篇」[*1]という広告文によって世に送り出された。この種の書き手の一人だった森田たまは刊本に凝った自装を施したけれども、自身の肖像を函のレイアウトに用いるまでのことはしなかった。そういえば、昭和三十年七月、中央公論社刊行の『黒い裾』には後書に添えて、沢蔵司稲荷神社で撮影したポートレートが納められていた。目次にはこれに触れた記載はない。『黒い裾』を読み通した読者にしか発見し得ない肖像写真なのだ。このような映像処理は『さゞなみの日記』[*2]、『駅』[*3]と続く。これらは幸田文の文学世界を読了した読者のみが出会うポートレートである。一方の函に刷り込まれたそれは、書店をうろつくきままな散歩者の眼を釘づけにしようとするものだ。秘匿と露出、幸田文の自身の肖像に対する意識は過剰である。このような肖像への意識が、何故に昭和三十年代初頭に限って突出しているのか。そこには、中央公論社版『幸田文全集』へと収斂する幸田文のセルフイメージの変革という物語が、刻印されているように思われてならない。

1 「勲章」と「帆前掛」

幸田文が「三橋あや子」としてマスメディアに登場したのは昭和十一年十二月二十六日のことであ

る（図1）。「東京朝日新聞」夕刊に「酒仙・露伴博士の／令嬢が酒店を開業／奥様業から街頭に」の見出しの下で、しきせ縞の仕事着に帆前掛、一升瓶に漏斗を差し入れ、彼女はカメラに対して斜め上を向き、低い肩のポーズで微笑んでいる。一般に上向きの顔は希望や自信を暗示し、斜め上向きのポーズは人目を引く効果を生むといわれる。そして、低い肩は意識した平静さ、上品さ、自然なくつろぎを与えるポーズである。「三橋あや子」のポーズ「生きる喜びの微笑」[4]は「健康的な心の現われで、人生の喜びの価値を認めていることを現わ」す。

「三橋あや子」は能弁である。「東京中を配達して歩くのでこの頃では私の東京地図が心の中に出来てどこでもわかるやうになりました、（略）ブラ〳〵してゐる生活よりも引締つてなんだか朗かな気になつてゐます。売つたり買つたりする事が私は好きですから一生懸命になれるのかもしれません」。カメラに対した「三橋あや子」のポーズは、インタビュー記事に沿って選択されたものであった。彼女はカメラの向うに存在する読者の視線を充分に計算した上で、「三橋あや子」を演技しているわけなのだ。

図1　「東京朝日新聞」昭和11年12月26日

　後年、幸田文は「勲章」[5]において、この「三橋あや子」と、約二ヶ月後、文化勲章が決定した「ロハン」とのメディア表象における決定的な差異を描くことになる。「勲章」の「私」の語りは、「三橋あや子」の肖像写真がメディアを意識した虚構であったことを暴いている。この一枚の写真がマスメディア「東京朝日新聞」紙上に掲載される効果をねらったものだったことは、宣伝記事を書いてくれたと一人合点した「夫」が、新聞記者に感謝の気持を込め、酒を届けさせたことであきらかである。手厳しい反発を食って悄然とする様子を見て、気の毒で傷ましいと思う。メディアとかかわる家に生まれた「三橋あや子」は、夫と違って、メディアという強大で酷薄な制度を熟知していた。記者が耳寄りな世俗の情報をピックアップしただけのことだとわかっている。その上で、ニュースの人となったのだ。記事になるため、記者が望み、かつ稼業の宣伝になる演技を選択した。

十九世紀、メディアに表象されることで利益を得る「名声」が発明される。「三橋あや子」の場合はこの「名声」なのだ。文学博士である父・露伴の「名誉」を背景にしながら、マスメディアにその身体性を曝らすことで有名になった。しかし、身体がコマーシャル化することによって、「三橋あや子」の顔は常に一枚の写真に縛られていかざるを得なくなる。それによって、アイデンティティを喪失していくことになるわけなのだ。こうした語りの直後に次のようなコンテクストがあらわれる。

数寄屋橋。一条の水、夕映の水、離れて久しいふるさとの水、隅田川、郷愁が水につらなり胸に流れた。一波千波、とろりと静かな残照のそのなかに、輝きなきせゝらぎが、こめかみのあたりにちりぐ〳〵と流れて見えた。はつとした。ねぢりきつた身の眼の限りに、ロハンといふ字が顫へ〳〵消えた。脳溢血！　朝日新聞だ。ニュースだ。尾張町から夢中で駈け戻つた。十字路。

語り手の「私」はこの後、「ふた、びロハンの三字がちゞれて消えた。」へ、「又ふり仰ぐと、ワガ国サイ初ノ文化クン章と読めた。三たびロハンが通る。おだやかに光つて。」と、少し気持が落ち着いたところで「身体のまはりにさみしさが罩めてゐ」というように自分を見出す。郷愁の場としての隅田川、対岸の向嶋蝸牛庵から切り離され、東京の市街を浮遊する自己のイメージは、電光ニュースによって一層鮮明となる。マスメディアの電光に浮かび上がった「ロハン」は「露伴」ではない。こういう認識が「私」を襲った時、郷愁は淋しさへと変容するのだ。マスメディアによって表象される「ロハン」の輝やかしい「名誉」と、一枚の写真の「名声」に縋ろうとした「三橋あや子」の明暗、「勲章」は幸田文のこうしたメディア体験を物語った作品でもあろう。

2　縞の着物に日本髪

ところで、「まげの感じに丸めた独得な髪型。渋い和服とともに日本人のしつけやたしなみをキッチリ身につけた長身」[*6]のように、幸田文といえば縞の着物と独得な髪型を思い描く人が多いだろう。メディアの紙誌上において繰り返し発信され、受け手の感性に擦り込まれた幸田文独自のスタイル――。

実はこのスタイル、戦後、幸田文が書き手となって、メディアに露出していく時に用意されたもののようなのだ。『新潮日本文学アルバム68　幸田文』[*7]には、幼年期から晩年に至るまでの幸田文の肖像写真が収められている。女子学院時代と入院直前の弟・成豊と撮した肖像写真は耳隠しで、縞の着物。夫・幾之助が撮影した写真では洋髪、無地のお召しである。「東京朝日新聞」に掲載された肖像写真はしきせ縞の着物で、「櫛巻でない洋髪の女が、小肥りでない背高な女が、それを掛けてゐることは宣伝であつた」（「勲章」）のだ。

「藝林閒歩」（露伴記念号）昭和二十二年八月に発表した「雑記」が評判となり、宇野智子が市川市菅野で取材した記事「幸田文さんを訪う」[*8]に、幸田文と娘・玉の写真が添えられている。印刷の具合がよくないので髪型は判然としないが、着物は「お白粉気のない、色の白い皮膚が、黒無地の絹の鈍い光沢に映つて清潔で美しい。」という宇野の記述によって明らかになる。この直後、小石川に幸田文を訪ねた扇谷正造が当時の面影を、「幸田文さん」〈マスコミ交遊録8〉[*9]に、次のようにしるしている。「玄関へ足をふみいれると、キリリッとした立ち姿、何ていうんだろう、黄八丈かな、——ピタリと手をついて、／「いらっしゃいませ、わたくし幸田でございます」」と。しかし、扇谷は髪型の印象を書いてはいない。

つまり、昭和二十二年頃まで、幸田文のスタイルは出来上がっていなかったのである。縞の着物と独得な髪型の幸田文がメディアで流通し始めるのは、小堀杏奴との対談「二人の対話」[*10]に添付された肖像写真からだろう。この年、木村伊兵衛が三枚の肖像写真を撮影している。一枚は母・幾美似のもので火鉢の前に正座したもの。[*11]そして机の前で斜に正座し、カメラに視線を向けた父・露伴似の一枚[*12]

である。もう一枚は自分がよく出ているとして好んだ上半身の肖像写真である。[*13]これらはまさに幸田文のスタイルであり、森田たま・中村汀女との座談「師走閑談」[*14]では、このスタイルが幸田文のイメージとして固定化した様子が窺えるのだ。

幸田文が書き手として立ち上がっていくにつれて、幸田文らしい外貌が調えられていく道程を素描してみたが、そこから文章家・幸田文がメディアに露出していく際のイメージ戦略として、この意匠が選択されたという思いに立ち至る。「三橋あや子」はかつてマスメディアに載ることで「名声」を獲得するかわりに、アイデンティティを喪失させてしまった。さらに「ロハン」の「名誉」を前にして、父・露伴との乖離を、寄辺なく東京を浮遊せざるを得ない「さみしさ」を体感した。この意匠は「三橋あや子」を消去し、「幸田文」として生き直すために用意されたのではないか。

図2 「書評」昭和24年5月

ここに昭和二十四年三月（「女性改造」）と五月（「書評」）に発表された幸田文の二枚の写真（図2）がある。二枚とも露伴愛用の書棚（その上に露伴の遺影が置かれている）を開け、座して膝に和綴本をひろげている肖像である。この書棚と書籍は小林秀雄編輯の「創元」昭和二十三年十一月発行に掲載された露伴の肖像写真に写り込んでいる。一連の父娘の写真を見た読者は、文化勲章受賞の文学博士・露伴の「名誉」と深くつながる文章家・幸田文の姿を焼きつけたことだろう。

縞の着物と独得のまげは、「想ひ出屋」として露伴物を書いていく幸田文のシンボルとなっていくのである。

3　「想ひ出屋」とメディア

ところで、幸田文は「葬送の記――臨終の父露伴――」一篇で芸術院賞候補に推挙された。この年の候補作は小林秀雄『無常といふ事』と折口信夫『古代感愛集』。昭和文学屈指の著書である。デビュー第三作目のにわか随筆家に対して、これは破格の扱いと言わざるを得ない。

もし、「葬送の記――臨終の父露伴――」が戦前に書かれた随筆だったとしたら、幸田文はこれ程の脚光を浴び得ただろうか。幸田文の初期随筆は戦後日本という状況においてこそ、世に迎えられたのではあるまいか。

露伴は昭和二十二年七月三十日に死去するが、戦後、『音幻論』としてまとめられる論考を「文芸」に、連載していた「『曠野集』評釈」を、「文学」から「文藝春秋」に舞台を移して発表し続けている。つまり、没後も毎年四本以上の遺稿が雑誌「心」を中心に掲載されているのだ。昭和二十一年には『評釈春の日』他三冊、翌年には『音幻論』他四冊が刊行されているのだから、露伴は当代のメディアにおいて着実に生き続けていたことになる。それを可能にしたのは、永井荷風、志賀直哉、正宗白鳥らが復活していった土壌とかかわる。というのは文化国家の再建という戦後日本の国是に沿って、メディアが文化主義の名目を掲げたからである。露伴の死は国家とメディアによって、この文化国家再建の明証としてクローズアップされていく。

「朝日新聞」昭和二十二年八月一日朝刊には「露伴翁に両院で追悼」という記事があり、衆参両院で弔文を送ることに決定、しかも参議院では前例がないと報じている。当時、参議院議員だった中野重治は山本有三が追悼演説に際して、「民間の人」露伴に学士院会員等の肩書を付けたことの非を論じている。こうした失態が突然の決定のため起こったことと、追悼演説を決定した文化委員会から自分が閉め出されていたという事情を明らかにしつつ、中野はさらにこう続けた。「民間の人」たる露伴においてすら公が授ける「名誉」をしりぞけることは及ぶべくもなく、そこにこそ近代の文学者の弱点がある、と。この時の中野は自らの戦中体験を通じて、戦後の左翼思想家の問題とも重ね合わせている。このような露伴の死に対する扱いから、ただ一人の「民間の人」の死にもかかわらず、公の悲しみとしてソフィストケートしていく文化国家の悪意を、内側から窺いた中野の恐怖が伝わってくるのだ。

そうした動きはジャーナリズムからも立ち上がってくる。「文藝春秋」の編集者、車谷弘は「文豪の国葬」[*15]を投稿し、「文化国家を旗じるしとしてたつた日本は、当然国会において追悼演説を行い、国葬かそれとも国葬同様の礼を払つてしかるべきではないか」、「それは文化国家日本のレベルを世界に示し、同時に国内の人心をどんなに明るくするかわからないのである。」と力説していた。同月三日付の「朝日新聞」には葬儀に赴いた片山首相が政府としてなんらかの方法で盛大に葬うことにすると語ったことが伝えられた。こうして政府、議会、新聞及び綜合雑誌メディアの合作によって「公人」露伴の死が演出されていくのである。もっとも、ラジオで山本有三の露伴追悼演説を聴いた山内義雄などは『幻談』の作者」[*16]で、露伴の死を文化国家と結びつける戦後状況を冷やかに見ているが――。

幸田文はこうした状況下、「中央公論」というマスメディアの要請に応じて「葬送の記――臨終の父露伴――」を執筆したのだ。また作品はこうした気運の中で芸術院賞候補作となるのだ。その幸田文は「私の父だけでない人といふのは、文化勲章を貰つたやうな人、文豪なんかと云はれてゐるやうな人は、といふ意味である、私の親ばかりぢやないんだ。半分は世間様からのお預かりもの」(「菅野の記」)として露伴を認識したわけであり、父・露伴及び蝸牛庵の日常を書くことは、つまり公の事柄となろう。幸田文の初期随筆は幸田露伴を公として意味づける書き手とマスメディアの協同によって成立したのだ。

これに対してギルド的メディアの側が嚙みついたことがある。福田恆存の「文芸時評(2)」[*17]には、幸田文の人気は「世間の人気、といふより新聞ジャーナリズムや綜合雑誌」との分析がある。福田の言わんとするところは、幸田文が「世間」すなわち文壇の外の辺境において認知された素人ということなのである。文壇ジャーナリズムの世界において、露伴は中村光夫「露伴の死――文芸時評――」[*18]のように前近代の巨人、あるいは小田切秀雄「幸田露伴追悼」[*19]の「圏外の人」のような捉えられ方が一般的であった。そうした文壇の住人達がマスメディアと国家が作り上げた文化国家／露伴像に奉仕する幸田文を受け入れるはずもない。

「群像」昭和三十一年一月号には「現代文芸家案内」という作家リストが付載されているが、この中に幸田文の名前がない。幸田文をめぐるマスメディアと文壇ジャーナリズムの極端ともいえる評価のブレは、幸田文作品の出来に対して生じたのではない。幸田文が書き手になっていく／されていく状況そのものが孕んでいたのである。

そうした中で、『流れる』[*20]は川端康成と亀井勝一郎の推薦文を帯にまとって出版された。昭和三十二年五月、日本芸術院賞他の受賞パーティー会場に、小林秀雄が遅れて現われた。出席者は一斉に小林を注視したという。これこそ、文壇が幸田文を認知した瞬間だったのである。

4　幸田文、セルフイメージの変革

幸田文の談話「私は筆を絶つ」が掲載されたのは「夕刊毎日新聞」昭和二十五年四月七日紙上のことであった。突然の断筆宣言である。努力なしで書いてきたことが、読者に好意をもって迎えられることの怖ろしさ――。このまま文章を書き続ける、つまり努力しないで生きてゆくことは幸田家にはない行ないだと語る。よく知られた語りである。インタビューをした記者は、「父露伴の名の陰に／きびしい自己批判」という小見出しをつけているが、このために談話は露伴の厳しい躾に比重がかかってしまっている。文化国家という国是の下に、公人として祭壇に祀られた露伴を語る／語らされる役割を降りようと決意した断筆宣言もまた、マスメディアが発信し続ける情報の枠組を印象づける事件として伝わっていったろう。

幸田文はなおも、この枠組を増幅するメディアに向き合うことになる。

大露伴の文学は広い野である。この道を辿つたものをいまだかつて見ない。愛児への教育も亦、その文学と通じてゐたことを、本書によつてつぶさに知らされた人々は、いまさらに「日本の躾」の伝統とその偉大さを心から感ずるであらう。

これは『こんなこと』[*21]の帯に刷られた広告文だが、そこに「私はかうして躾られた」というキャッチコピーが踊っている。幸田文は翌年一月刊の第五版のために「あとがき」を書くのだが、それは「不具な分身を旅だゝせるわびしさ、暮れゆく空に色を無くして行く雲を見送るやうなさびしさである。」と締めくくられている。この「さびしさ」は尋常ではない。幸田文は断筆宣言の中で、認められることの全くなかった自分が書く／書かされることについて、人の愛のまなざしに触れる行為だった、と回想しているが、それは書く事が生そのものの問題と深くかかわっていたことを裏づけていた。だからこそ、自己の希求をバネにしながら戦後空間に生き続ける露伴を執筆し続け、メディアの期待通り、与えられた役割を果たしていったのだろう。露伴の遺影を飾った書棚の前に坐し、独特の髪型に縞の着物姿で、膝に露伴所蔵の和綴本を載せているメディアが発信したポートレートこそ、まさにこの役割にぴったりであった。このポートレートが契機となって、インタビュー時に見せた幸田文の印象的な泣き顔と笑顔を、「露伴翁のいう鍛練」と読解した扇谷正造らの視線を、彼女が受肉して行くこととなったのである。幸田文の身体性すらも露伴の躾、教育として解読する／させる、さらに発信する／発信させるという共犯関係を結んで読者を巻き込み、幸田文は現象化した。メディアは幸田文の断筆宣言を無視して、「大露伴の文学は広い野である」で始まる広告文を刷って、大衆の関心を引きつけたわけである。「いまの私が本当の私かしらと思うのです。やはり私には持つて生れた私の生き方があるのです。」という「私」の頻出する断筆宣言の言説は一見、現象化した幸田文と幸田文子の分裂を語っているが、幸田文子はプライバシーを売り渡して、露伴／文子の物語を公として語り続けていた以上、いずれの「私」も現象化した幸田文が貼りついてしまっている。幸田文子としての「本当の私」の声はメディアに表象されることで現象としての幸田文、「いまの私」に環元されてしまう。

　幸田文子にとってみれば、好調な『こんなこと』の売れ行きは、そうした現象としての幸田文を実感させることになったのではないか。「あとがき」のコンテクストはこのような状況で書かれたのであろう。出版は乗り気ではないが、約束だから果たすという叙述の二行あとに、「私は粗忽なものを書いて、いま版にしようとしてゐる。不具な分身を旅だゝせるわびしさ、暮れゆく空に色を無くして行く雲を見送るやうなさびしさである。」と続くのだが、「不具な分身」はメディアによって表象され、より増幅されて勝手に一人歩きをしていく。それは「私」の手の施しようのない時空を旅するものである。

しかし、夕闇の空の中に消えていく雲は現象化した／現象化された幸田文だったろうか。かつて、幸田文が「三橋あや子」として冬景色の隅田川を眺めていたのを思い出す。メディアに表象されることで、アイデンティティを喪失した「勲章」のあのワン・シーンである。「名声」と引き換えに自己の身体性を売り渡した一枚の写真と書き手「想ひ出屋」にふさわしい扮装をした写真と――。この二枚の写真は結局、幸田文にとってコインの裏表でしかなかったのではないか。幸田文が選び取った露伴／幸田文子の物語を書き続けるという行為は、彼女の想像を超えた役割を背負っていた。文化国家の垂直のまなざしによって顕在化した露伴。その虚像に実体を吹き込み、いわば身をもって露伴を語ろうとした幸田文こそ、連合軍の占領下、急進的なキャンペーンを張りながら、ナショナルアイデンティティに向けて垂鉛していったメディア状況においては、格好の装置だった。語り出された公としての露伴像は文化国家の「名誉」として回収される。露伴／幸田文の物語は幸田文子に何をもたらしたのか。

それは昭和二十四年三月に発表された露伴の遺影の前にかしずく写真の構図が如実にあらわしていた。露伴の言を文として語り伝える「名声」である。「いまの私が本当の私かしらと思うのです。やはり私には持つて生まれた私の生き方があるのです。」と「私」にこだわることで、幸田文子は「生き方」という術語を見つけ出し、虚構としての「名声」によって封殺されたアイデンティティを回復する糸口をつかんだのだ。昭和二十六年に入り、九月以降、パチンコ屋、中華料理屋、犬屋の飼育場と職探しに奔走したあげく、彼女は十一月下旬に柳橋の芸者置屋「藤さがみ」の住み込み女中となる。こうした行動は二度にわたるメディアをめぐるアイデンティティの喪失と無縁ではあるまい。

＊

昭和三十年代になって、これまでになかった幸田文の言動がメディアに登場する。たとえば「週刊新潮」昭和三十三年一月十六日発行の匿名記事「美徳を愛する幸田ファン——叱られたメケメケとよろめき礼賛——」である。丸山明宏との対談を読んだ幸田ファンが尊敬と憧れの念を壊されたと手紙や電話で抗議。それに対して記者に、彼女は生身の血の通った女と思わないで美徳の備わった古風な才女みたいに考えられて、迷惑な話だとコメントしたという。露伴／幸田文の物語空間に閉じ込めようとする愛読者たちと、そんな読者を置き去りにして疾走していこうとする幸田文／幸田文子との鮮やかなコントラストが印象的である。「娯楽よみうり」昭和三十四年一月三十日発行の匿名記事「幸田文さん洋装に転向」などもそうである。先回りしていえば、こうした状況は幸田文が新聞及び綜合雑誌といったマスメディアから、若い主婦、BG向けに情報発信する暮しの情報誌やファッション誌、百貨店等のPR誌、さらには文芸雑誌へとシフト変換していったところから生じたと考えられる。

まず、木村伊兵衛との対談「写真は娘への遺産」[*22]を、覗いてみたい。幸田文はここで、露伴の絵画的なポーズ（片肱ついた漱石の有名な写真のような）に対し、心のポーズを主張している。彼女の発語はまっすぐ断筆宣言のモチーフにつながっている。

幸田　……この写真を写していただいたときも、べっぴんさんに写ってるのがほかにありました。みんなはそのべっぴんさんの方が好きらしいですね。

木村　それはそうでしょう。

幸田　けれども、それはほんとのわたしじゃないと思います。心にある美しさ、あるいはホッとした安心感、将来への希望、過去の苦しみ、そういういろいろの気持、忘れようとしても忘れ得ないものを幾つも持っていると思いますし、それが写されてこそ写真だと思いますが、みんな不思議とそれをいいません。

ソンタグは『写真論』において、シャッターを切ることで、文字通り瞬時に現在が過去と化す写真独自の時間の切断性に触れながら、その写真が「現在との推理の関係を打ち立て、経験を即座に反芻して眺める機会をつくる」という。幸田文の発語は、昭和二十三年に木村伊兵衛が撮影した三枚のポートレートに対して、バルト流にいえば「垂直の読み」を重ねた上に生まれたものである。かつて、三枚の写真について、幸田文は「れんず」[*23]にこう書いた。人は母親似の写真を優、父・露伴似の孤独感がうっすら現れた一枚を最上と評したが、四十余年の生の内面をあますところなく語った「おのが顔」の写真（図3）に対して誰もよいといわなかった、と。この随筆は、他者に見捨てられた「おのが顔」に対する「愛著」を語って閉じられているが、このエピソードがいかほど幸田文に衝撃を与えたか想像するに余りある。愛惜の情をもって身の内に蔵い込まなければならなかった肖像写真は、まさしく幸田文の存在性そのものを語っているからである。父・露伴、母・幾美に回収される肖像写真だけが他者の間に流通する一方で、消去されてしまう「おのが顔」は、書き手・幸田文のセルフイメージの実態をくっきりとあぶり出している。

図3　撮影　木村伊兵衛

　このような「おのが顔」なきセルフイメージの肥大化に対する半噬が、断筆宣言となって表面化したのだ。幸田文の断筆宣言は文字通りの断筆宣言ではない。ただ、「想ひ出屋」を廃業したい、いいかえると幸田文／露伴の物語を書けば書くほど、ゴースト化してしまわざるを得ない状況にピリオドを打ちたい、と訴えているだけなのだ。「いまの私は本当の私かしら」と自問しながら、幸田文というセルフイメージに囲い込まれた幸田文子を救抜し、この「私」がまた書きたくなったら、「父の思い出から離れて何でも書ける人間」となって戻ってこようというのだから。

幸田文は昭和二十九年一月から「婦人公論」に「さゞなみの日記」の連載を開始するのだが、同月に発表された木村伊兵衛との対談は、まさに戻ってきた幸田文の息吹きを伝えているのだ。ところで、話題となった木村伊兵衛撮影の「おのが顔」は「小猫」[*24]発表の際に口絵として、次いで「婦人公論愛読者大会――講演と映画の会」広告用[*25]に使われる。そして中央公論社版『幸田文全集』第一巻を飾ることになる。興味深いのは、この全集で露伴の肖像が排除されていることである。幸田文は自分の全集にどのようなイメージを付与しようと考えていたのか。

かつて他者に見捨てられた「おのが顔」の表出が、全集の編集コンセプトを暗示している。

*

その幸田文は新たなセルフイメージの基軸に、フレームの中に大きく浮き出たこの半身像を据えた。これに対し、幸田文をコード化する背景が写り込んだ残りの二枚は排除された。まさにこのコードを外し、既存の幸田文解釈を無効ならしめるべく、ただの四十女剥き出しの顔を提示するために、幸田文の選択はなされたのだ。この時、幸田文は展開すべきイメージ戦略のビジョンを手にしていたに違いない。

これ以後、メディアに掲載された肖像写真を追っていくと、特徴的ともいえるポーズがあらわれてくる。右横向き（顔の右側の強調）のポーズである。昭和二十年代まではどちらかといえば四分の三レフトビュー（正面から四分の三左向き）が多く、絵画の美的規範に倣った芸術的写真への志向が著しい。だが、幸田文が多くのメディアに露出していく昭和三十二年一月以降、特徴として指摘したいポーズが現われる。幸田玉との対談「母子問答」[*26]の口絵（ブランコ遊びに興ずるショット）、グラビア特集「人そのとき」[*27]には、左手に番傘、右手で縞の着物に重ねた雨コートの褄を持ち、白足袋に下駄の出立ちで歩く、真横から撮影された姿が収められている（本章の扉）。さらにグラビア特集「女流作家幸田文さん」[*28]には、自宅の居間で横座りになって足袋を脱がそうとする（片方の足袋は脱ぎ捨て）、いわば崩れた姿態が掲載されていた（図4）。

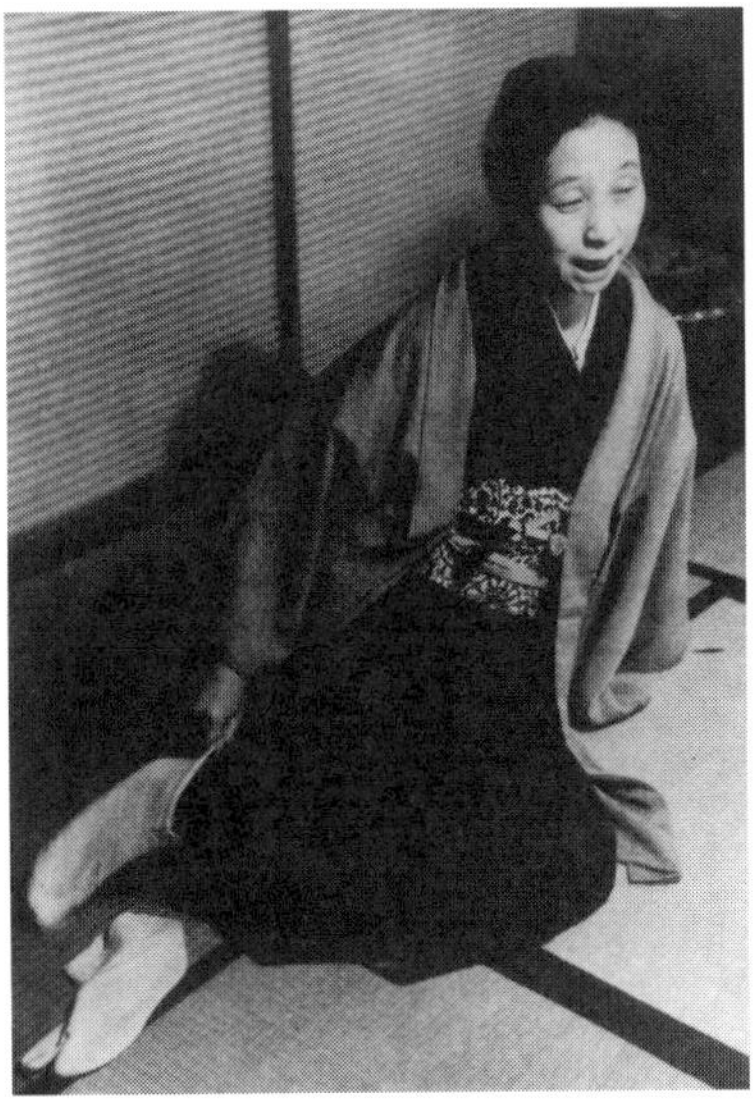

図4　「毎日グラフ」昭和32年3月3日

右横向きのポーズのコンセプトは素顔。しかも美的規範から踏み出していく自由気儘な素顔である。このコンセプトはメディア側が創り上げたものとは到底思えない。昭和三十三年一月六日に出た匿名記事「美徳を愛する幸田文」に見るごとく、メディアも読者も「美徳の備わった古風な才女」の振る舞いを幸田文に求めたに違いない。これらポートレートはまさに自分を封じ込めたメディアの制度を逆利用し、いまだメディアの情報網の中で生き続ける負のセルフイメージに立ち向かう対イメージ戦略を内蔵していたのだ。

次から次へ世に出た単行本の中に秘匿された写真たちは、自宅付近の沢蔵司稲荷神社境内に立ち（『黒い裾』）、文机の前に座り（『さゞなみの日記』）、やがて長野県岡谷市を歩く（『駅』）。そのようにして静から動へ、そして日常的空間から異空間へと飛び出そうとする幸田文の物語を綴っていた。これらの書物が秘かにつむぐ物語は、どこかの公園を散歩する肖像がカラー刷の函に露出するという形（『番茶菓子』）でクライマックスを迎えた。この意識的な写真操作は「動」という自家製セルフイメージの発現だったろう。幸田文は『番茶菓子』刊行の年の一月以来、「婦人公論」誌上にルポルタージュ「男」を連載するため、働く男達の姿を全国に追う日々を送るのだが、大原おりえの「幸田文さんのルポ」[*29]からは「台所育ち」の幸田文の変身に対する驚きが伝わってくる。

ところで、円地文子は幸田文と抱き合わせで文学全集を編集されることが多かった。その円地が『現代日本文学館40　円地文子・幸田文』（昭和四十三年六月　文藝春秋刊）に書かれた江藤淳「円地文子伝」の口絵の一つに、珍妙な写真を用いている。昭和三十七年に撮影された工事現場取材中の写真には、手にヘルメットを携え工事関係者の説明に聞き入る和装の円地文子が写っているのだ。それはもう一人の文子に対する過剰な意識のあらわれだったのだろうか。

5 「暮し」の情報の渦へ／メディアのシフト変換

昭和二十八年度『経済白書』は、昭和二十七年を個人経済繁栄の年と位置づけている。朝鮮戦争による産業界の活況の余沢がこの年に至って個人経済にまで波及し、前年比名目国民所得十六％増、国民消費水準の十三％増といずれも戦後最大の上昇率を示したからだ。消費購買力の異常な膨張のなかでも、繊維関係の消費が衣料価格の低落に助けられて、都市部では一年間に六割という急上昇に転じている。経済白書はこの現象に対して、戦時中から戦後を通じて消耗していた衣服の補給という分析をくわえている。この年、国内向け消費財の増加が著しい中、特に繊維製品の内需転換の傾向が目立っていた。繊維消費の急激な伸張はこうした背景があったわけである。

翌年の『経済白書』は、日本経済を「経済膨張」と名づけ、国民一人当たりの実質所得及び消費支出が戦後初めて戦前水準を上回ったと記述している。前年比の国民所得及び消費水準はそれぞれ十六％、十三％増。なかでも都市部の消費水準は前年比十七％増。また東京都の勤労者世帯平均実収入は前年比二十五％増という伸びを示した。これを反映した消費の増加は、前年の繊維中心から住宅家具あるいは娯楽その他のサービス、新聞雑誌へ、一部の消費層は自動車、写真機、洗濯機の購入へと向かった、と指摘している。

昭和二十七年、幸田文の著作は激減し、「幸田露伴」（「随筆」五月）、「うしろ姿」（「花柳徳兵衛新作舞踊発表会」プログラム　五月）、「ゆかた」（「ISETAN　Bouquet」六月）、「きもの雑話」（「国洋商報」七月）、「なんといふ」（「題名のない映画」パンフレット　七月）、「チョコレート」（「アトリエ」十月）、「すすき」（「創元」十一月）、「雪」（「三越グラフ」十一月）の八本である。すぐに気づくことは伊勢丹、三越百貨店や繊維関係企業のPR誌、娯楽用パンフレットへの寄稿である。断筆宣言以後の幸田文に商品価値を見出したのは、国民の消費動向を反映した業種だったわけである。のちに「私広告屋みたい」*30と自己言及する発端がここにある。さきほど、繊維製品の購買が企業の国内向け生産への転換（価格の低落）と連動していたと指摘したが、こうした状況下で、和服復活のキャンペーンが女性誌にあらわれる。そうした舞台となった一つの例が「婦人画報」である。「婦人画報」はこの年五月、和服の不便を解消した大塚末子や柳田美代子のツーピース及びアンサンブル式デザインと別に、藤原あき、山野愛子等を動員して和服本来のよさを特集した「日本のきもののありかた」、そして七月にゆかたのグラビア特集と南部あき等による「ゆかた随筆」特集を打つ。

昭和二十八年二月号には特集「日本美を味わう」が企画された。この正月ほど和服の復活が顕在化した年はないという分析に立った企画だったのだが、「婦人公論」ともども「婦人画報」一月号の表紙に描かれたのは日本女性の和服姿であった。二誌とも日本の女性の和服姿が表紙に描かれたのは、戦後初めてである。外国人女性の日本髪、和服姿を表紙絵にしたのは「婦人倶楽部」一月号であるが、落合恵美子は「ビジュアル・イメージとしての女*31」において、「主婦の友」と「女性自身」の表紙を中心に興味深い考察をしている。昭和三十年頃、「襟元のネックレスとイヤリング、赤い口紅と細めに剃った眉、セットした髪。抑えたほほ笑みと身振りで気品と自制を演出する身体技法」が女性の外出時の基本形として定着したと分析した上で、戦後の主婦化現象の直前に「身体技法における「主婦の誕生」」を読み解いている。

和服復活と落合恵美子が指摘した外出時の基本形は、一見何の関係もないように思われる。ここに青地晨が「洋裁ブーム」[*32]で紹介した服飾アンケート（昭和二十九年二月調査）がある。

それによると、和服のみの二十代は三・五％、三十代は〇％、両方兼用は二十代では三・五％、三十代は三％。明らかに二十代主婦において、和服回帰がみられる。普段着や仕事着は洋服で、正式な訪問着や礼装は和服、が定着していく状況下、和服復活は戦後の主婦化と深くつながって進行しているのだ。このような時代の風潮をいち早く察知していたのが、「和服への逃避」（「婦人公論」昭和二十六年七月号）を書いた清水幾太郎である。清水は巷に増えつつある女性の和服姿を保守化というコードで読み解き、読者に警鐘を鳴らしていた。

＊

ところで、人口五万人以上の都市に住み、月収一万七千〜五万円の家庭を読者に設定した「暮しの手帖」が昭和二十三年九月に創刊されている。一万部で始まったこの雑誌は、配給会社から、「「暮しの手帖」なんて名前もへんだ。第一、暗い」と敬遠されていたが、八年後の三十三号で三十一万まで部数を伸ばし、菊池寛賞を受賞する。「すぐ今日　あなたの暮しに役立ち」、「いつしか　あなたの暮し方を変えてしまう」雑誌というカラーを打ち出し、商品テストなどの実用的な情報記事による誌面を作り上げ、「暮しの手帖」は暮しの情報誌の祖型となった。

昭和三十年代に入って、かつて「へんだ」「暗い」と嫌われた「暮し」を、誌名にした雑誌が、創刊されていく。「若い暮し」（昭和三十二年五月、雄鶏社）、「くらしの泉」（昭和三十三年一月、松下電器産業）、「暮しの知恵」（昭和三十六年四月、学習研究社）、「暮しの設計」（昭和三十八年一月、中央公論社）などの発刊は、昭和三十三年三月の「家庭画報」創刊などとともに、戦後の主婦化現象に即応したメディア戦略であった。誌面には暮しの情報に関するそれぞれの専門家たちが動員される中、随筆家たちにも執筆の機会が与えられ、幸田文は森田たま等とともに、このメディアにおいて格好の書き手とみなされていく。

森田たまは昭和十年、『もめん随筆』で随筆家としての地位を不動にした。昭和十二年四月二十五日、「朝日新聞」朝刊紙上に掲載された『続もめん随筆』の広告文には「現代一流の才女の随筆集」という文字が踊っている。作家以前には、随筆「きき酒」[*34]によると、夫の縁つづきにあたる白鹿を売る酒屋稼業に励んだ頃もあったらしい。色白の膚、独得の髪型、しゃれた和服の着こなしと挙げていくと、だんだん二人の姿がダブってきそうになるが、戦後の主婦化というトレンドによって生まれた「暮し」への関心の高まりとともに、森田たまと幸田文の随筆家としての評価は逆転していく。

たとえば、「別冊婦人公論　家庭特集」は「中央公論社最初の実用雑誌」として発行され、「暮しの設計」と名を変えていく雑誌だが、「暮し」／実用というコンセプトがはっきりと打ち出されている。このような「暮し」の情報誌の目次立ては、家庭生活を細分化、索引化していく傾向にある。それは氾濫する情報を交通整理すべき部門別の「暮し」の専門家を生んでいくわけだが、雑誌内に整然と区分けされた知識は、それ故に縦割りに陥りがちである。ますます索引化していく情報の中で、それらを統合しトータルな「暮し」のイメージを復原する装置が必要となる。「暮し」の知恵と技術を身体性にまで高めた「暮し」の達人である。中産階級の家庭婦人をターゲットにした「家庭画報」の編集部は、幸田文の「煤はき」（昭和三十九年一月）を「実用随筆」として組んでいる。

「彼女独特のひっつめ髪のようにやや古風な作風、彼女の濃くこった和服のように趣味ゆたかで粋でシャレた持味」という批評は匿名記事「森田たま」[*35]の一節だが、見事に森田たまの本質を突いている。時代が求めた幸田文を「暮し」の達人といい得るならば、対する森田たまは「暮し」を享楽する趣味人である。戦後の主婦化現象は核家族への道程でもあったわけであるが、この世代の女性ははっきり幸田文を選択していく。文藝春秋が『生活の本』全十巻の刊行を開始したのは昭和四十二年十一月だった。幸田文の随筆は第四巻（美味求真）に「たべものの四季」、第七巻（親子・夫婦）に「おふくろ」、第十巻（生活の中の美）には「おしゃれの四季」が収録されたが、森田たまは第十巻に「鍋のころ」が選ばれるにとどまっているのだ。

さて、「たべものの四季」、「おしゃれの四季」は『番茶菓子』に収められた小品集だが、「週刊サンケイ」昭和三十三年六月十五日発行で、この随筆集を批評した匿名氏がこんなことを言っている。「番茶菓子の小品を通じて、日本的な躾け、を厳しい小母さんから、きく感じである。」、「受けとる方がそうした教養を学ぶことになる、というのも他の女の人たちの随筆とちがった点である。」（傍点筆者）――。また「朝日新聞」昭和三十三年五月十七日朝刊掲載の『番茶菓子』（無署名）評は「日々の暮しかたを吟味してきた女の知恵が、新緑のようにフレッシュでめざましい。」で締めくくられている。二本の書評はこの随筆集の読者と読解の方向性を示していて興味深いが、これがまさに戦後の主婦化現象にフィットした刊本だったことがよくわかるだろう。

幸田文は「婦人画報」昭和三十二年二月号から「暮していること」を連載していたが、『幸田文全集』第一回配本（昭和三十三年七月刊）は「流れる」と、この「くらしてゐること」（収録の際のタイトル）が収められた。一見、奇妙な取り合わせであるが、全集の顔ともいうべきこの巻こそ、幸田文の将来の方向性を指し示すものだったと思われる。断筆宣言以降、露伴／幸田文というセルフイメージの消去のために、幸田文が綜合雑誌、新聞などのマスメディアからコマーシャルメディア、「暮し」のメディアへ、さらに「流れる」（「新潮」昭和三十年一月号より連載）によって文芸ジャーナリズムへと転換していくことを象徴しているからだ。中央公論社は『幸田文全集』刊行キャンペーンとして、全集装幀用の布を幸田格子と名づけ、抽選で百名の読者に贈呈するという企画を打ち出した。これは文（「流れる」）と着物（「くらしてゐること」）という第一回配本のコンセプトを幸田文の身体性で造型したものといえないだろうか。当選者百名のうち二十名が男性であるが、自分の妻や恋人に着せようとでも思ったのだろうか。これこそはルポルタージュ「男」で、高度成長期の働く男を描く一方、主婦化していく女性の間で暮しの達人として人気を得た幸田文が、時代のアイドルとなった証しなのである。

注

＊1　「図書新聞」昭和三十三年五月三日に掲載。
＊2　昭和三十一年四月、中央公論社刊。
＊3　昭和三十四年三月、新潮社刊。
＊4　ハリエット・シェパード、レノア・メイアー著『美しいポーズ』昭和四十九年三月、ダヴィッド社刊
＊5　「文學界」昭和二十四年三月号に掲載。
＊6　「新潮文学賞を受けた幸田文」（「朝日新聞」昭和三十一年十一月二十九日朝刊）
＊7　平成七年一月、新潮社刊。
＊8　「週刊朝日」昭和二十二年十一月十六日号に掲載。
＊9　「銀座百点」昭和三十六年九月号に掲載。
＊10　「藝林閒歩」昭和二十三年二月号に掲載。
＊11　『新潮日本文学アルバム68　幸田文』に収録。
＊12　角川書店版『現代国民文学全集　幸田露伴・文集』昭和三十三年十月刊の口絵に使用。
＊13　中央公論社版『幸田文全集』第一巻（昭和三十三年七月）の口絵に使用。
＊14　「新女苑」昭和二十四年十二月号に掲載。
＊15　「朝日新聞」昭和二十二年八月二日朝刊に掲載。
＊16　「真間」昭和二十二年十月号に掲載。

＊17 「改造文芸」昭和二十五年二月号に掲載。
＊18 「文學界」昭和二十二年十月号に掲載。
＊19 「新日本文学」昭和二十三年二月号に掲載。
＊20 昭和三十一年二月、新潮社刊。
＊21 昭和二十五年八月、創元社刊。
＊22 「日本カメラ」昭和二十九年十一月号に掲載。
＊23 「暮しの手帖」昭和二十四年四月号に掲載。
＊24 「婦人公論」昭和二十九年二月号に掲載。
＊25 「婦人公論」昭和三十年二月号に掲載。
＊26 「婦人画報」昭和三十二年一月号に掲載。
＊27 「サンデー毎日」昭和三十二年三月三日に掲載。
＊28 右に同じ。
＊29 「婦人公論」昭和三十四年二月号に掲載。
＊30 飯島　衛「幸田文」（「日本読書新聞」昭和三十七年三月十七日）
＊31 『日本女性生活史』第五巻、平成二年九月、東京大学出版会刊に収録。
＊32 「婦人公論」昭和三十年八月号に掲載。
＊33 「婦人公論」昭和二十六年七月号に掲載。
＊34 『随筆貞女』昭和十二年十一月、中央公論社刊。
＊35 「週刊読売」昭和二十九年五月三十日号に掲載。

第二章

「向嶋蝸牛庵」中廊下型住宅というトポス

『みそつかす』をめぐって

明治43年秋、露伴設計の向島蝸牛庵にて
右より成豊（一郎）、露伴、文

1　はじめに

幸田文は、父・露伴の死の直後に発表された「雑記」（「藝林閒歩」昭和二十二年八月号）によって世に迎えられ、「中央公論」などを舞台に、作家としての活動を開始した。「みそつかす」が「中央公論」に連載される昭和二十四年二月までに、『父——その死——』と『こんなこと』に収録される主な作品を発表している。幸田文はこれによって、娘の視点で明治の文豪の日常生活を書く随筆家という定評を得た。

ところで、このテクストが昭和二十六年四月に単行本化されるに際して、跋文「みそつかすのことば」が執筆され、それに拠れば露伴の四十九日法要後、岩波書店の編集者小林勇が幸田家を訪れ、この随筆の構想を持ち出したという。そして、執筆項目（目次立て）や、幼児期の記憶を書くレベルに引き上げるやり方（露伴の年譜や日記を参照する）までを教示したのだという。

執筆場所に選ばれたのは鎌倉東慶寺であった。井上禅定の「幸田文さんのこと」[*1]には、当時の様子が「昭和二十二年の秋、五十年も前のこと、岩波の小林勇さんが露伴の娘だという方をつれて来山された。実はこの人が父上のことを書きたいのだが、家では電話がかかったり、人が来たりで落ちつかないからお寺のどこか一室おかしいただきたい」と綴られている。また、幸田文の執筆状況が次のように回想されている。

今のこと昔のこと、父上のこと娘のことといろいろ話をされた。私は思わず「いまのお話そのまま活字にすれば好い読み物になりますよ」

「アラ、誰やらもそんなことおっしゃいました」

こんな会話があって彼女の筆は調子が出たのか数日で父上の記は出来上がった。これが活字になって世に出た。

この井上の文章には、幸田文の東慶寺住まいがいつまで続いたのかはっきり記されていない。「みそつかす」の原稿も苦もなく書き上がったような記述である。そこで、「みそつかすのことば」に戻ってみよう。

「あらしのさなかに生れたといふ」と一行を下ろすと、あとはたゞ書いて行つた。メモにも従つたが大抵は考へるといふひまも無くずる〳〵とやつて、百枚ほどを書き、堪へがたく頸の根が痛くなつてやめた。五日かゝつてゐた。その五日のうちに花が一度にぱあつと咲いて、往来には子供たちが花御堂へ行くとか甘茶だとか云つて騒いでゐた。

著者は随筆の脱稿が翌年の灌仏会の当日、すなわち四月八日（この日付が明治四十三年に死亡した母・幾美の命日であることに留意したい。）であり、書き始めたのが、実に脱稿日の五日前であったと記している。

それから東慶寺に仮住まいしたことは触れられていないから、執筆活動は自宅でなされたかのような印象を与える。

『みそつかす』の物語には直接関わらない瑣末な事実を、掘り返しているように思われるかも知れない。だが、ここで確認しておきたいことがある。それは幸田文のこの文章が必ずしも事実に即してないということである。もっとはっきりいえば事実を語ろうとしていないのだ。勿論、いくら事実に即し、事実を語ろうとしたところで、語り手の語るべき事象に対する取捨選択や個人的な解釈が介入するわけだから、語り始めた途端、それは語り手のフィクションにならざるを得ないのだが。それはそれとして、『みそつかす』は、露伴を中心にした単なる幼年時代の回想ではなく、幸田文が「私」の語りによって浮上するテクストだったのではないか。

2 『みそつかす』というテクストの成立——出版メディアの販売戦略を媒介として——

幸田文の文学は「格物致知」、あるいは「見て歩き」という評言で捉えられ、ともすると実地の体験を書いた記録として読まれてきた。

そこで、幼年期を回想した『みそつかす』に対する辰野隆の書評[*2]を紹介しよう。「少年時代から深く敬慕する大露伴を一層身近く感得する為に、愛女文子さんの述懐をどうしても読まねばゐられなくなつた」、「女ならでは描き得ぬ家庭内の一角、愛憎交流の微細な情景が活写されてゐた」——。ここには初期の幸田文の文学に対する典型的な読み取りが現れている。読者にとって幸田文は文豪露伴の語り部であった。露伴の日常生活を記録するものであるが故に、彼女の随筆は読書の対象となっていたのだ。

さて、幸田文は小林の勧めで鉛筆を持ったものの、書き出せないでいた。露伴が聞かせてくれた「おまへは暴風雨《あらし》の最中に生れたやつだ」（初出テクストより）という誕生譚を足掛かりにして、彼女は〈みそっかす〉の物語を始めた。その方法は「メモにも従つたが大抵は考へるといふひまも無くずるくやつて」というものであった。本文を通覧すると、「父の日記に見えている。母は、わが新衣を購わんより君が書物をといつたと。」のように、メモに従ったことが確認出来るコンテクストが存在する。だが、「大抵は考へるといふひまも無く」執筆したから、歴史的事実と異なることも生じているのだ。勝又浩が指摘したように[*3]、幸田文が生まれた明治三十八年九月一日の東京は晴天であった。だから、この冒頭の記述は明らかに誤りである[*4]。この場合、過誤の大半は露伴の記憶違いにあるわけだが、それにしても幸田文が「書く」ことは、自身の体験に基づく記憶（あるいは伝聞に拠る記憶）をベースにして可能だったのであり、小林勇が構想したような実証的方法によって、幸田露伴家の物語を書くことは、到底無理だったといえよう。

後年、小林は自分の編集者としての体験を生かした『蝸牛庵訪問記』[*5]を書く。それは岩波書店の露伴付きであった編集者、いわば仕事を介した外部の視点人物として自己を規定し、この文豪の肖像を克明に描こうとしたものである。本書を読むと、小林が毎日詳細なメモを記録しており、これを執筆の際に生かしたことがわかる。これは推測でしかないが、小林が当時、一本の随筆しか発表していなかった幸田文に「とにかくやつてごらんなさい、できたら一冊にしませう」（岩波書店発行の「文学」昭和二十二年十月号に掲載された「終焉」は四百字詰め原稿用紙二十枚ほどである。）と誘ったのは、彼女をインナーの視点人物に仕立てて、一家庭人としての露伴の日常を書かせようとしたのではないか。露伴の著書を読み、執筆活動に同伴していた小林にしてみれば、「書く」ことは、露伴の随筆や芭蕉七部集の注釈がそうであったように、考証と不即不離の営為だったに違いない。小林が幸田文に伝授した執筆方法はこれであり、小林は父娘という関係性もさることながら、「書く」ことをお家芸として伝説化し、昭和二十三年二月から具体的に動き始めた岩波書店版『露伴全集』の宣伝にしようともくろんだのかもしれない。事実、幸田文は『露伴全集』の刊行が昭和二十四年六月から開始されると、その月報に露伴の思い出話を寄稿しているのだ。

といえば、当て推量が過ぎると言われるかもしれないが、身近にこんな事例がある。平成六年十二月に刊行が開始された『幸田文全集』をアピールしたいという青木玉の希望（『露伴全集』の売れ行き不振を気に病んでいた母の姿が記憶に焼きつき、なんとしても幸田文の全集を売り込みたいと思ったという）と、幸田という伝説的な文筆の家から新しい書き手を生み出そうとする講談社編集者、高柳信子の思惑によって、随筆集『小石川の家』が刊行された。幸田文ブームに乗じた高柳の企画が見事に当たり、幸田文の娘「玉子」は随筆家「青木玉」へと変身を遂げたわけだが、これはまさにメディア側が露伴の娘「文子」に仕掛けた販売戦略の再現だったわけである。

しかし、小林が仕掛けようとした幸田文の随筆集刊行は、思い通りに進行しなかった。これまでに記したように、小林の課した執筆方法と、それによって書かれるべき内容が、幸田文の書く意識を過剰にし、頓挫させた。結局、それを諦めて、ハンドメイドの「書ける」やり方でしか筆を進めなかったというのが実情だった、と幸田文は回想している（その実態については、後で考察する）。しかし、こうした創作上の方法転換を行なったにもかかわらず、単行本一冊分には程遠い原稿枚数しか書けなかった。この原稿は未発表のままとなった。それが「みそつかす」の題名で、主として男性の知識人を対象とした雑誌メディア「中央公論」誌上に掲載されるのは、十ヶ月後である。

3　語り手「私」の位相——「想ひ出屋」から「蝸牛庵」という居住空間の物語を語る主体へ——

この間、幸田文は「この世がくもん」、「あとみよそわか」などによって、露伴の語り手という評価を得ていく。それらは露伴の娘がメディア側の要請に応えて、少女期のある日ある時の印象的なシーンを、随意に記憶のインデックスから引き出して語ったものである。「あとみよそわか」[*6]から抜き書きをしてみよう。

「い、か、はじまるぞ、水はきついぞ。」にこ〱してゐるから心配はいらない、こつちもにこ〱してゐる。稽古に馴れたからもある。雑巾をしぼるのである。私は固くしぼれる、まへにおばあさんにも父にも叱られたことがあるから、ちゃんとできるやうになつてゐる。褒められることを予期してゐる心は、ふわ〱と引締まらない。雑巾を水に入れて、一ト揉み二タ揉み、忽ち、「そーら、そら〱」と誘ひをかけられる。

（「水」より）

女学校入学と同時に始まった露伴の家事教育を語った有名なコンテクストである。語り手は昭和二十三年という語りの現在から、大正六年へと遡及していくのだが、語りには、メディア側の要請した「想ひ出屋」というセルフイメージに対する違和感は検出出来ない。これら作品群の特徴は描かれた父娘の関係性が一様に明るく緊密なところである。引用したコンテクストが生まれる背景には、露伴と過ごした時間がこの上もない体験であり、歴史という平板な地平から超出したものであったからだろう。だから、この時の幸田文は語りの最中で、語られた内容の真偽を問う第三者に介入されることなく（それは彼女が歴史的考証の姿勢を取らなかったことを意味する）、露伴と過ごした記憶そのままを絶対的な体験として語っているのだ。その体験はそれぞれ独立した作品として造型され、メディアに表象されていった。だから、これらを収録した単行本『こんなこと』に一貫したテーマは存在しない。それを探すとすれば、露伴の娘として生きた時間とでも言えようか。

幸田文の初期随筆はこのような露伴を中心にした物語世界であるが、それは彼女が露伴の語り部という役割を忠実に果たすことで、生み出されたテクストであった。『みそつかす』も又、同じような読み取りがなされてきたわけである。

ここで注目したい事実がある。それは「みそつかすのこと」に登場する「中央公論」編集者・山本英吉との会話である。幸田文は同誌に昭和二十五年三月から「続みそつかす」の連載を開始するが、執筆の進行ははかばかしくなく、種切れを理由に連載中止の申し出をしている。休載などをして編集部に迷惑を掛けていたからだ。[*7] そこで、山本は幸田文自身のことを書けば露伴のことを書いたことになる、と取りなした。こうした苦労の果てに「みそつかす」は完結に漕ぎ着けるのだが、幸田文は連載中の昭和二十五年五月、いわゆる「断筆宣言」を行なう。

それは、メディアから要請された文豪露伴の語り部の役割を降りるという意思表示であった。その上で、書きたい自分の物語が見つけられた時に、文筆の世界に回帰したいという希望を漏らしている。この「断筆宣言」は突発的な感情表出のようだが、幸田文の心中に「みそつかす」の連載中から伏在しており、それ以前の昭和二十四年三月から中央公論社が発行していた女性向けの雑誌「婦人公論」[*8]に「たつ子」（編集部は幸田文が欲した自立する作家イメージに反し、わざわざ「私の父」に「幸田露伴」という注を付している）が語る女性の恋愛物語を、すでに五回連載している。既存のセルフイメージを刷新しようとする幸田文の戦略は、こうして女性誌において開始された。だが、連載には「父露伴翁をしのばせるすぐれた文章を、十分に味わっていただきたいと思います。」（「編集室だより」）[*9]という編集者側のメッセージが添えられ、さらに出版案内のページ[*10]には中央公論社版『父——その死——』の「ひたむきに献身せる著者がしるす亡き父露伴翁の在りし日の姿、最後の別れを濃やかに伝えて」という広告文が掲載されており、このようなメディア側の販売戦略によって包囲され、彼女の思惑は頓挫したのだ。

ここまで『みそつかす』というテクストの成立について論述してきた。そこから浮かび上がってくるのは、『みそつかす』が、幸田文の〈みそっかす〉というメンタリティーに沿って、忠実に露伴家の日常を再現した随筆というものではないこと。そして幸田文がそのような書く役割を降りようとした時点で成立したこと。さらに、このテクストは記憶を事実確定しないで書かれ、それればかりか、あえて事実が曲げられていることである。

これらが指示するものは、幸田文にぴったり張りついている露伴を切り捨てるという欲求である。小林勇が与えた文章作法は、露伴の日常を描出するために必要なものであるが、もし幸田文の記憶が露伴の日記などで事実確定されたならば、露伴のインデックスによって、記憶が再編成されることになるだろう。そして、それが語られた時、記憶は彼女固有のものから露伴の物語に奉仕するものへと変容しているであろう。

だから、小林の要請を受け入れるや、書く主体としての自分と書かれる自分をどのように立ち上げて物語るかという問題に、幸田文は突き当たったはずである。「みそつかすのこと」に語られたことが事実ならば、脱稿までの半年間は、この懸案に答えを出すために費やされた期間であったと考えられる。執筆に至るまでの助走期間（前述したように、これはフィクションの可能性がある）において、幸田文は幸田家における自分のセルフイメージを表題とすることを選択した。それは、必然的に物語の中心に彼女自身を据えることである。その時、露伴を中心に据えた初期随筆の語り方は役に立たなくなる。

初期随筆の語りは、幼年期に対する懐かしい郷愁を背景としているため、語りの現在の「私」は過去の時間に溶け込んでいこうとする志向性を帯びていた。だから、幸田露伴の家はおのずと親和的世界としてイメージされる。だから、この世界を表象するためのフィルターが用意され、相応しくない要素は濾過されるか、物語の周縁に追い遣られるのだ。その端的な存在が継母八代である。しかし、『みそつかす』には、この継母の姿が露伴と同等の比重で語られていた。それは、もはやこのテクストが露伴を中心に据えた初期随筆とは異なる物語だということを想像させる。

そうすると、異なったモチーフを語るにふさわしい主体が要請される。そこで、『みそつかす』には私の誕生から成長までの時間を俯瞰する視点に立ち、私のトラウマのトポスとなった幸田家の総体を語る「私」が設定された。その「私」とは記憶を物語の編み物として編成し直し、テーマを語ろうとする存在である。『みそつかす』のコンテクストは一読すればすぐにわかるように、記憶の世界に降りたっていく少女にぴったり寄り添って物語る「私」と、一児の母である現在から過去を批評する「私」が登場する。『みそつかす』のこの語りは、「夫婦間の衝突にはまた和解といふこともあるが、その間に子供が一ト役買つて出てしまつては、わざわひは意外に大きく残るものであり、救ひがたき三者三様の癌にならないとはかぎらない。子供本来の優しさはあくまで庇つてやつてもらひたい、夫婦のためにも親子のためにも。」と批評する四十四歳の自分を、物語全体を統御する語り手として設定し、メディアが要請した露伴の日常生活を語る「想ひ出屋」をも組み込むものとしている。それによって、存在感の希薄だった継母などが物語の前面に登場してくるのだ。このような入れ子の構造を持った語り手「私」が、書くという幸田文の意識とパラレルであったことは、一作目の「雑記」と比較すれば明瞭になる。

「朝はまだ早い。破れた四ッ目垣の外の麦はめい〳〵のとがつた葉のさきに、めい〳〵に露の玉をつけてゐる。無風である。老人の癖で、まだ夜の明けないうちから目を醒まして待つてゐる。」――。これは「雑記」の冒頭部分である。物語が開始されようとする時、語り手は見ての通り、自身の身体感覚を研ぎ澄ませて、一旦分節化した夏の早朝を統合する存在、すなわち「老人」をクローズアップする。この風景とは幸田文にとって、死にゆく露伴が刻む時空である。裏返せばそれは生が持続している時空なのであるが、幸田文は語りの現在において存命であった文豪／父を、どのように語ろうとしているのか。

彼女は露伴がどのように生きているかを伝えて欲しいという編集者、野田宇太郎の求めに応えて執筆をしたわけだが、それは当然「雑記」の語りを拘束する。語るべき自己をどのように位置づけるか。そこで、持続している露伴の生の時間を一個の物語として紡ぎ出すために、彼女は語り手「私」に、客観的に生の現場を語るナレーターの役を振り当てた。引用のコンテクストはそのようにして生まれたのだ。ついでに付け加えておくと、「婦人公論」に発表した「ゆくへ」などの語り手は三人称の世界を物語るように設定されていた。

ここから、幸田文が当初から語りの問題について意識的だったことが明らかになるのだが、では入れ子の構造を持つ『みそつかす』はいかなるテクストなのか。そこで、初期随筆では物語の周縁に追い遺られていた生母や継母、祖母に焦点が当てられたことに注目したい。それが必要とされたこのテクストは、初期随筆のような単なる露伴の思い出話ではない。おそらく四十四歳で子持ちの離婚経験者が幼年期の記憶に批評のメスを入れることによって浮上する物語らしいのだ。

語り手「私」は「露伴」の死の直前に、自分も愛される子であったことを確信するのだが、それを物語の第一章で述べることで、幸田文は語りの起点を定めた。誕生以来、継起的に彼女の精神世界に種が蒔かれ、その全体を領するようになった疎外感（みそっかす）から解放された地点に、語りの現在を設定したのだ。この語りが「私」の現実を拘束するトラウマに照準を合わせていないことを、それは示している。この「私」は〈みそっかす〉という心象を風景化することで、その総体を検証していく存在だからだ。だからこそ、病死によって主婦／母の役割を降りた女（幾美）、後添いに入って主婦／継母の役割に失望し、晩年は別居を選択した女（八代）の存在が視野に入ってくるのである。このような視点によって再編成された記憶は、四十四歳の語り手とつながっている幼年の「私」、そして「幾美」、「八代」を一本の糸に綯い合わせる物語へと組み替えられるだろう。

そこで、幸田文が立てた語りの戦略は、三人が住んだ住居を語りの拠点に据えることであった。『みそっかす』には「向嶋蝸牛庵」と名づけられた住宅の情報が頻出しており、それらを寄せ集めると、住宅の間取りや住まいの有様が復元出来る。それは住宅が住人の生活感覚や対他関係を反映するものだ、と幸田文が認識していたことの現われであり、彼女はこのコンセプトを、のちに「二畳台目の家」[*11]や「小住宅群落」[*12]、「台所のおと」に書いている。

4 「向嶋蝸牛庵」というトポス――「私」によって語り出された居住空間のイメージ――

幸田文は東京府南葛飾郡寺島村大字寺島一七一六番地で誕生した。その四年後の二月、幸田露伴家は『みそつかす』において「わづか百七十八坪のさゝやかな蝸牛の構へ」（「あね」）と語られる寺島一七三六番地に移転している。大正元年十一月、東京市区調査会が発行した『地籍台帳・地籍地図』[*13]に、この土地の記載がある。それに拠れば、坪数百六十三、地価百二十二円八十三銭、所有者は幸田成行（露伴の本名）である。

露伴によって「蝸牛庵」と名づけられたこの家は、塩谷賛の『幸田露伴 中』[*14]に、次のように描写されている。

四角な地所の西南二方は道路に面し、そこは板塀で囲ってある。南側の東寄りにある門から入ると、右側にはささやかな畑が続き、左側は竹垣でしきってある。左に折れたところの玄関で案内を乞うと大抵の客は右側の奥の部屋へ入れられる。書斎になっている。東と北とに縁廊下が廻っていて、うちじゅうで縁廊下を存するのはここだけである。（中略）縁廊下の西を左に折れた床の間の裏に厠があり、主人や客専用になっている。（中略）家のうちは玄関から廊下が書斎へ行きそこで左へ折れて突当たり下の便所である。便所は二つとも隠すように造ってある。鍵に折れて西へ行く廊下の左側に六畳の茶の間と七畳半の寝間とがある。七畳半とはあまり聞かない畳数だが横に長くなって幾人も並んで寝るには具合がよいはずである。玄関の左隣は女中部屋の二畳で、そのまた隣が台所になっている。

玄関を入ると、倉本清太郎が「先生の座側の手の届くほどの所に、白紙を張つた小襖があり、その引戸の内は一二段の棚作りで、外側の中廊下の前にも引き戸があつた。[*15]」と記録しているように、家屋の左側に女中部屋(二畳)、隣に台所が並び、廊下を挟んで、その北に茶の間(六畳)と居間兼寝室(七畳半)がある。居住空間の中央を貫いている廊下を歩いて東側の奥に、露伴の書斎(八畳)が設けられている。露伴が設計したこの居住空間は幸田文が生まれた家とよく似た構造である。雨宮家の別棟であった最初の蝸牛庵も中廊下型住宅と呼ばれるもので、この住宅様式は明治末から大正にかけて勃興してきた都市の給与生活者層に支持された。漱石が借家住まいした千駄木の家もこれである。この住居はこれまでの伝統住宅の基本的秩序を解体して、家族を軸にした住まい作りをした点に特色があったという。[*16]

さて、吉田桂二は『間取り百年――生活の知恵に学ぶ』(二〇〇四年一月、彰国社刊)において、寺島一七一六番地の借家の二階部分が子供部屋だったと推察している。

これは当代の家事思想を背景にしたものと考えられる。たとえば、高等女学校用教科書として編纂、大正四年十月に文昌閣から刊行された『最新　家事教科書』を開いてみよう。すると、「家長の居間は書斎又は客室を兼ぬるもよく、主婦の居間は茶の間又は子供の間に近く、時に茶の間を兼ぬるも可なり。」という記載が、第二編「住宅」の「諸室の間取」の項に見えるからだ。

そこで露伴が設計した新居の間取りを確認してみよう。ここには子供部屋がない。妻に配慮した居住空間も存在しない。だから、借家の二階部分が子供部屋に当てられていたとは考えにくいのだ。そして、妻に配慮した居住空間もまた存在していなかったのだ。

『みそつかす』のテクストは、新しい母が入居するのに備えて、「父」が彼女用の書斎を増築したことを語っている。そして、こう続いていく。「生母は、この部屋あの部屋ととりわけて自分の居場処ときめることをしなくても、気がねなく家全体が「自分のうち」といふ気持ちだつたらうし、時代もまた平民の主婦がことさらきめた部屋にちんと澄ましてすわつてもゐられなかつたことと思へる。」と——。

このように語る「私」は、生母と継母のメンタリティーを、専用の居住空間の有無によって照らし出そうとしている。すなわち、主婦役割に専念する労働派と書斎をあてがわれるような学問派の二分法である。一見すると、「父」の二人の妻に対する認識をそっくりそのまま導入して語ったこのコンテクストである。だが、だからといってこれが他者に対する確かな「父」の洞察力を讃えているとは限らない。それは全く、逆方向のベクトルへと、読者の読みをいざなう。

「幾美」は夫が知らぬ間に資金を蓄えるような、「賢夫人」（倉本清太郎の評言）であった。それ故に、「露伴」は「わたしはお幾美が死んで後に、いかに女達が不平不満ばかり多くて頼み甲斐ないものかを知つた」、「それにくらべると随分お幾美に勝手わがま、をふるまひ、赦し少なき扱ひをしたかに責められる」（「は、」）と述懐するのだが、このような家事に専心した人物のイメージが、やがて新しい妻を拘束する。さらに娘に厳しい家事教育を課すことに繋がるのだ。語り手「私」はその生母を「黒衣」の人と表現しているが、彼女の内助の功を語りながら、「私」の語りは、なぜ「母」が優れた家事従事者になっていったかを辿ってゆく。それによって、「私」は「黒衣」の人の実像を読み取っていくのである。

「おばあさん」という一章がある。ここに、父母の結婚式で起きたハプニングが語られている。父の母（「おばあさん」）は「幾美」を「何の取柄のない貧乏素町人の娘」と見下し、家に入れることに難色を示していた。そうした心情が狭い座敷で行われた披露宴に露呈する。うち解けぬ二つの家、ぎゅうぎゅう詰めにされた閉塞感が火鉢に向けられ、「邪魔になるものはさつさと出して返しちまひなさい」という厳命となって噴出する。そこに「これは母をして、どうあつても仕へぬくといふ意気を固めさせ」る自意識を、「私」は読み取る。その上で、これを自分の得意とする家事能力を高める原体験として語るのだ。勿論、この語りは伝聞をもとにしてなされているわけであるが、それをいかなる文脈で語るかが問題なのである。ここで、『みそつかす』のコンテクストが表象しているのは、おのれのために能動的にスキルを高める母親像ではない。義母が求め、そしてそのラインに沿い、夫が役割を担わせる主婦像を生きようとするものなのだ。そのような他者の眼差しの中に生きた「幾美」に、自己存在を保証する居場所が求められるべくもない。

さて、露伴は幸田家から独立し、一世代限りの家族を築いた。その家族形態に見合った居住空間が「蝸牛庵」と命名された住まいだったわけである。中廊下型住宅が新たに生み出した中廊下によって、「それぞれの部屋に、他の部屋を通り抜けずに出入りのできる動線を確保し、これによって各部屋の機能を独立させ」（鈴木成文『住まいを読む』）、家族のプライバシーを保護するというコンセプトと、「蝸牛庵」とを照合してみるといい。すると「幾美」がはしなくも語った「家全体が自分の部屋」には、この住宅思想が生かされていないことが明瞭になる。それが「幾美」のせいではないことは前述した通りである。

それはこの住宅が「露伴」によって名づけられた文学の家であったことに起因しているだろう。「蝸牛庵」というテクストを生産するトポスは、明治近代とともに成立した出版メディアとクロスする地点にあるが、夏目漱石が東京郊外の同じような中廊下型住宅に住んだことは、このトポスを読解する上で参考になるだろう。

漱石は「道草」[*17]の主人公「健三」の家族意識を描いている。「夫と独立した自己の存在を主張しようとする細君を見ると健三はすぐ不快を感じた」から、「細君」のような新しい婦人像が生まれていたことがわかるが、まさにその婦人像とパラレルな住宅意識の投影した中廊下型住宅に、二人が住まうからこそズレた夫婦の他者意識が顕在化するのだ。「道草」には「不思議にも学問をした健三の方は此点に於て却つて旧式であつた。自分は自分の為に生きて行かなければならないといふ主義を実現したがりながら、夫の為にのみ存在する妻を最初から仮定して憚らなかつた」（七十一章）という語り手の「健三」評が語られている。このコンテクストと「露伴」の「いかに女達が不平不満ばかり多くて頼み甲斐ないものかを知つた」とを比較してみればよい。すると、居住空間とそれが孕む意識に対する認識の差違が歴然としてくるのだ。「みそつかす」において、「私」が語る「露伴」は、自分が設計した間取りが内包する近代家族のイメージと、自分の家族観のギャップを自覚していないのだ。そういう彼にとって、中廊下という構造は自分のプライバシー保護のためにのみ求められたのだ。この家の中心は「蝸牛庵」という名が示すように、「露伴」の書斎である。随筆「あとみよそわか」で、「向嶋蝸牛庵の客間兼父の居間の八畳が教室である。別棟に書斎が建つまでは書きものをする処にもなつてゐ、子供は勿論、家人も随意な出入りは許されてゐなかつた、いはゞいかめしい空気をもつた部屋であつた。」と語られる場所であった。

ではこの書斎に出入り可能なのは、どのような人物だったのか。まず出版メディアと関わる人達で、『みそつかす』の語り手は修養団の「花見さん」、「色が白くて髷の深く寄る」女性編集者をピックアップしている。向島は露伴が親交を結んでいた根岸在住の文士達の移り住んだ所で、露伴はこの文学的交友を求めて寺島に居を構えたという。*18 もともと幸田家の長男、成常が向島に居住したことが機縁となり、次男成忠も移住してきて、ここは幸田一族にとって馴染みの深い場所であった。露伴にとって、この土地はこの二つの要素がクロスする地点にあったわけで、だから幾度となく水害に見舞われても移住しなかったのだ。

寺島一七三六番地に建てられた家は、中廊下型住宅というコンセプトに反して、出版メディアに向けて開かれた書斎を中心とする居住空間であり、一方でここは一族に向けて開かれていた。それは「蝸牛庵」において形成された一世代型の家族が、血縁関係を紐帯とする家と深く繋がっていたことをも示しているのだ。この中心に存在していたのが、幸田露伴、成常（カネボウ重役）、成友（日本経済史研究者）、延（ピアニスト　芸術院会員）、郡司成忠（軍人　千島列島探検・開拓）、安藤幸（バイオリニスト　芸術院会員）を育てた幸田猷、すなわち「おばあさん」だったのである。

「おばあさん」は「私」の家族と同居してはいない。だから、この家の物語の周縁に置かれてもよいのだ。しかし、この物語においてぜひ語らねばならぬ必要性を持っており、語り手はこの存在を語ることによって、幸田一族の家が明瞭になると認識している。

この物語には、二人の「おばあさん」が登場するが、曾祖母はこの「おばあさん」の実母である。この二人の関係について、一切説明はされていないが、コンテクストはこの二人が親子であることを指示している。その上で、「露伴」の実家で家父長の影は薄く（祖父の存在は全く語られていないし、父も別宅に隠棲）、もっぱら母（家付きの嫁）の圧倒的な存在感を印象づける語りが展開していく。

その第四話「おばあさん」であるが、家に伝わる「露伴」の誕生譚から語り起こされ、それは「おつかさんの御恩は洪大だ」という「露伴」の母に対する感謝へと接続している。記憶すら持ち得ない頃の体験であったが故に、「露伴」のメンタリティーに、産み／命を救うという母親が絶対的な存在として君臨していったと思われる。「私」の洞察はここに届いていて、こんなシーンを物語っている。「あるとき遂に黙つてゐられなくて、おそる〳〵、おばあさんの偏頗依怙を鳴らした。父はむつつりと、

「人には運命を踏んで立つ力があるものだ」と云つた。私は自分の上にも、かつての父の幼き日と似たやうな忍耐の約束がなされてゐることを知つて、泣いた。」――。士分の子が焼き芋買いに行くのは周囲の憫笑を買うのだが、「おばあさん」から「露伴」は三男坊の故に使い走りの厳命を受ける。それを語り聞いた場面の再現が引用したコンテクストであるが、「私」の心的傷害を「露伴」のそれと重ね合わせ、父の同意を得ようとしたにもかかわらず、意に反して突き放されるのだ。繰り返し語る幼児体験は「露伴」のトラウマとして暗い心象風景を形成していたわけであるが、彼はこれを「運命」として受け入れ、家族制度に対する批判へと向かわない。「私」の語りは、これを「偏頗依怙」だとする観点からなされており、それによって浮かび上がってくるのは「おばあさん」／「露伴」に通底する家族観である。

従来、「おばあさん」の章は家政に優れ、有用な人材を明治の世に送り出した具眼の人を描いたものと読まれてきた。しかし、「みそつかす」というテクストの総体は、読解されたような存在性を大写しにし、この物語を影から動かすキャラクターとして表象するのである。幸田文はこのような設定によって、「おばあさん」／「露伴」が実は「みそつかす」という物語を演出していったことを見据えているのだ。

5　二つの書斎――「向嶋蝸牛庵」という中廊下型住宅の変容――

ところで、書き下ろした「みそつかす」の連載が終了した後、幸田文は「中央公論」の編集者、山本英吉から続編を書くようにとすすめられた。やがて、それは「続みそつかす」の連載となって現われるわけであるが、興味深いのはその第一回である。「続みそつかす」第一回は「たてまし」、「柳川さん」、「酒客」の三篇からなっている。昭和二十四年二月から二十五年八月まで「中央公論」に掲載された随筆は合計二十七篇、『みそつかす』に収録された随筆は二十八篇である。一篇の誤差は単行本刊行に際して、「鷹」が新たに執筆の上、収録されたためである。これによって、「みそつかす」の物語世界は、前後半十四篇ずつに分かたれることになる。このような編集意識は「卒業」の総タイトルで発表した「きず」、「二人の先生」、「卒業」をバラして、単行本に収めたところからも明らかとなる。それが幸田文の創意であったか、彼女にとって優れたコーディネーターだった土橋利彦（塩谷賛）、あるいは岩波書店の小林勇のアドバイスによるものであったかは定かではない。

「みそつかす」続編一回目の巻頭随筆が「たてまし」、そして結婚に失望した「八代」と彼女から「悪魔」と罵られる「露伴」との暗闘が具体的に語られる三つ目の随筆「酒客」は単行本収録作品の十四番目に配置されていて、同じモチーフを語る後半の一番目、即ち十五番目の収録作品「湯の洗礼」が一対となって、前半と後半の物語世界をバインドしているのだ。したがって、続編の一回目は『みそつかす』の総体を読み解く上で重要な位置を占めているわけである。

　さて、再び「続みそつかす」として物語を語り始めようとした時、幸田文は「蝸牛庵」という居住空間の変容を題材に選んだ。それは継母として「八代」が「露伴」家に入る時、彼女用の書斎を増築したことをモチーフにした物語である。

「蝸牛庵」が新しい主婦を迎えるストーリーは、すでに書き下ろしの「みそつかす」でも、「父の再婚」や、日常となった結婚生活の実態を語った「おくさま」などに描かれていた。だから、語り手「私」は時計の針を巻き戻し、再び新婚当初の「八代」に焦点を当てることで、「続みそつかす」の物語を織り始めたといえよう。こうして成立したテクストが第十二話「たてまし」である。それは次のように語り始められている。


　　は、を迎へるために新しく建てられた四畳半は、東南をからりと明けて、一方は寝室に続き一方は押入になつてゐた。は、は出身が香蘭女学校の先生でインテリであるから、それを考慮して造つた押入で、普通の一間三尺の謂はゆる押入ではない。深さ一尺五寸、幾段もの丈夫な棚になつてゐて、押入全体がすなはち本箱である。したがつて部屋は独立した書斎として役に立ち得るものであつた。

　　いつたい向嶋蝸牛庵は、生母が結婚と同時に酒飲みの夫の経済を案じて僅かづゝの貯蓄を積みたて、遂に思ひかなつて建てた家だといふ話である。父は、「いつの間にかうちが建つやうになつてゐた」と話した。そんな次第だから生母は、この部屋あの部屋ととりわけて自分の居場処ときめることをしなくても、気がねなく家全体が「自分のうち」といふ気持だつたらうし、時代もまた平民の主婦がことさらきめた部屋にちんと澄ましてすわつてもゐられなかつたことと思へる。

「私」は二人の母を「労働派」と「学問派」に分類して、それぞれの個性を際立たせようと試みる。この二分法には居住空間に対する志向性とメンタリティーをパラレルに捉える認識が働いている。

幸田文は大正六年、東京府麹町区にあるミッションスクール、女子学院に入学しているから、先に紹介した女学校のテクスト『最新　家事教科書』（大正四年十月発行）の内容を学び得る環境にあったわけである。これを「最新」の家事情報というフィルターにかけると、見えてくるのは守旧的な生母の主婦像である。引用文の最後のコンテクストは、生母を賛美する語りになっていない。それどころか、おのずから「時代」や「平民」（この表現は士分であった幸田家のイメージを背景にしているだろう）によって、求められる主婦像を懸命に生きた生母への哀惜が滲み出ている。その「幾美」は「好んでしばられた縁ゆゑ、どこへも身のかづけ処はなし、誘ふものはひたくと寄せる大川の潮であつたさうな。」（「はゝ」）という伝聞に縁取られた存在であり、さらに死後には義母から子供の躾に失敗した女とみなされた。それ故、祖母から「野育ち」と非難された語り手「私」は、「蝸牛庵」という居住空間において、周縁に追い遣られた女性の姿を的確に捉え得たのだ。

ところで、阿倍能成は結婚以前の「八代」と面識のあった人物だが、彼は「幸田さんの夫婦生活」

（「心」昭和二十五年七月）を執筆し、こんなコメントを記している。「新しい婦人を以て任じながら、門地や家柄を誇りとし、彼女を迎へる為に新たに設けられた部屋に長押がない、畳が粗いといつて、夫の心尽しを始から沮喪させる妻が、幸田さんを幸福にするはずはなかつた。」――。阿倍は「八代」用の書斎は「露伴」の心遣いの現われだったと推測した上で、書斎をめぐる諍いに「露伴」の不幸を読み取っている。たしかに書斎の造作は「露伴」好みになっていて、この室内空間に「八代」の意向は反映していないので、阿倍の見方には説得力がある。しかし、『みそっかす』の語り手は書斎の施工について、まったく自分の趣味を反映し得なかった「八代」の不幸を語っているのだ。

さらに、先に紹介した随筆に、阿倍は「新しい婦人を以て任じて」いた八代像を記している。そして「露伴はもう旧くてだめだ」という認識を持っていた彼女が「幸田さんに対して新時代の気勢を見せよう」として、結婚式に当代気鋭の批評家だった自分を招いたのではないかと回想している。ここに着目したい。このような八代の内実を、露伴は知る由もなかっただろうが、彼女が教養に富んだ女性であることは承知していた。まさにそれ故に伴侶と定めたのであり、それが書斎の建て増しという形をとって顕在化したのだ。遅ればせではあるが、露伴はここに至って、中廊下型住宅のコンセプトを受け入れようとしたわけである。その時、幾美とは異なる主婦像が八代の上に描かれていたはずである。そのイメージが「露伴」の妹の「お延叔母さん」を通して、「学問ができて利口なこと、英語なんぞはとても上手であるから外国のおもしろいお話が聞かせてもらへること、ハイカラだから洋服も縫つて著せてもらへること、御信心が強いからきつと文子も一郎もかはいがつてくださること」（「父の再婚」）と語られている。

このように期待された「八代」であるが、ライフスタイルという側面において「露伴」一家とは異質であったから、美質とみなされた新しい婦人像が家庭不和をもたらすマイナス要因に転じてしまう。「私」は「八代」が外部から持ち込んだもの（化粧品などの小物や、自宅に自分の客を招待すること、頻繁に行われる外出、隣の廃園で男性とデートをするなどの習慣）を詳細に語っているが、この語りの背後に「露伴」が存在していることは紛れもない。「私」は継母／継子の感情の縺れを家庭不和の風景として語ってはいるが、それが物語を支配する心象なのではない。父母の不和を自覚する端緒を「お客がしたくても何もないといふのが、私のおぼえてゐるものはじめだつた」と語られる第九話「お客」や、東洋的虚無思想に依拠する父とキリスト教を信奉する母の間に起こった「空の論と愛の真理で闘ふ夫婦喧嘩」を語った第二十二話「無」などが、語りの前面にせり出しているからである。

さて、露伴が書き記した「六十日日記　第十」[*19]大正三年九月六日の条に「屋根屋来り、新築書庫屋根大略成る」という記載が見える。塩谷賛『幸田露伴　中』[*20]に拠れば、これが露伴の新しい書斎である。塩谷は日記を手掛かりにして、露伴が「幾美」を失った頃から、老朽化した書斎の建て替えを計画しており、『努力論』の重版による経済的余裕が、この増築につながったと推測している。

だが、『みそつかす』の語り手は異なる解釈を提出している。夫婦の不和である。「私」は「もつとも避けあひが必要であつたのは夫婦の間ではなかつたらうか」というのだ。このテクストには「露伴日記」に基づく記載が散見されるから、「私」が日記の繙読によって塩谷と同じ推論を導き出すことは可能だった。にもかかわらず、書斎増築の理由を夫婦問題に絞ったのは、「蝸牛庵」という中廊下型住宅と家族の形の変容を、「私」がパラレルに捉えようとしたからであろう。「八代」は中廊下型住宅のコンセプトを内在化した女性だったわけであるが、だからこそ「蝸牛庵」という「露伴」のテクストを生み出すこの居住空間で居場所を失う。その時、「八代」はここを「悪魔のうち」、夫を「悪魔」と罵るようになるのである。阿倍が言うように、「八代」には書斎があるではないかというかもしれないが、それは「露伴」の文化コードで組み立てられた部屋であった。一方の「露伴」は別棟を建てることで「蝸牛庵」というコンセプトを先鋭化していく。第二十三話「ぬすみぎき」は、「八代」に命じられて女性編集者と「露伴」の会話を防諜する「私」が語られているが、ここに出現した事態は夫婦が二つの極に分裂し、その狭間に立たされた子供の状況を浮き彫りにしている。このように「私」の〈みそっかす〉という物語は、この住まいの構造によって顕在化しているのだ。

6　生き延びる物語／母達を語ること

さて、この物語に登場する幸田家の人物は、すべて死亡している。だから、この語り手「私」の語りに対して、アリバイの保証も異議申し立ても出来ない。そうした状況において、幸田露伴家でただ一人生き残った幸田文がいかなる語り手を設定して、メディア表象される原稿を執筆していったのか。この点について、筆者は、彼女がまずメディアの求めた露伴の表象をし、これを入れ子とした「私」

の物語を書くというコンセプトのもとに、語り手「私」を設定したと考えてみた。

このような語りの主体が、幸田文にとってなぜ必要とされたのか。そして物語られる風景が〈みそっかす〉という心象だったのか。このような問いを設定してみると、どうだろうか。幸田文は父の死を看取ることで、露伴という心的傷害の対象を相対化することが可能になった。その一方で、露伴を表象する「想ひ出屋」という役割を背負わされる事態に直面する。その延長線上に「想ひ出屋」を降りる断筆宣言が存在するわけであるが、それは露伴を表象すればするほど自己存在が希薄になっていく状況に気づいていたからである。いうならば、新しい相貌を帯びて露伴が、幸田文のアイデンティティを脅かしたのだ。

幸田文が表現者として歩み始めた昭和二十二年から断筆宣言がなされた昭和二十五年までを辿っていくと、露伴家で唯一生き残った存在として、独立独歩で生き抜こうと模索していた様子がわかる。そのような彼女が露伴の死後、実行しようとしたのは自己の検証だったと思われる。この批評的観点で書く行為が実践されれば、「想ひ出屋」とはまったく異なり、彼女の過去と密接に繋がっている露伴を冷静に腑分けするテクストを生むだろう。それがさらに露伴の妻／幸田文の母の存在性へと垂鉛させ、八代と幾美が彼女と同質のメンタリティーに囚われていったことを発見するだろう。

印象的なシーンを思い起こしてみよう。まず、あてがわれた書斎の中で、両膝を抱いて窓外の空を見ている「八代」の姿である。「私」はこの姿を「結婚の失望に傷んだ女の悲しみがおそらく剥きだしになつてゐ」る、と読解している。その「私」は心に映じたもう一人の女性を語っていた。「蝸牛庵」

全体が自分の居場所と言いながら、実際には泣く場所もなく墨田河畔に立ち尽くしている「幾美」の孤影である。

幸田文はおのれが抱えていた心象風景を、死んでいった二人の母にも見出しているのである。それは「向嶋蝸牛庵」というトポスが創出した女性の実像だったのであり、『みそつかす』はこれを語ることによって、生き延びるという生のベクトルを指し示そうとしたテクストなのである。

注

(1) 「ことばのしらべ」平成八年十月発行に掲載。
(2) 「図書」昭和二十六年七月号に掲載。
(3) 『新潮日本文学アルバム68 幸田文』一九九九年一月、新潮社刊。
(4) 明治四十五年の洪水に際し、避難した場所は紀尾井町の幸田延邸と語られているが、実際は小石川である。そして、露伴の再婚が新聞報道されたことになっているが、筆者の調査ではその形跡はない。
(5) 昭和三十一年三月、岩波書店刊。
(6) 「創元」昭和二十三年十一月号に掲載。
(7) だが、実際には連載は滞ることなく同年八月に終えている。これは簡単に記憶違いと片づけていいのだろうか。連載終了から「みそつかすのこと」を書くまでのインターバルは短いからだ。メディアに掲載された日時と記憶との相違を演出することで、物語のフィクション性をアピールする狙いがあったかも知れない。
(8) 大正五年一月に創刊された「婦人公論」は、『婦人公論の五十年』(昭和四十年十月、中央公論社刊)に拠れば、「自由主義の旗印のもと、女権拡張を主張として生れた」。
（9）「婦人公論」昭和二十四年三月号に掲載。
（10）同右。
（11）「朝日新聞」昭和三十二年二月十三日朝刊に掲載。
（12）「ＮＨＫ新聞」昭和三十三年十一月二日～十二月二十一日に掲載。
（13）一九八九年三月、柏書房刊の復刻版に拠る。
（14）昭和四十三年十一月、中央公論社刊。
（15）『露伴全集　付録』一九七九年八月、岩波書店刊。
（16）鈴木成文『住まいを読む——現代日本住居論』一九九九年二月、建設思潮研究社刊。
（17）「朝日新聞」大正四年六月三日～九月十四日に掲載。西川祐子は『借家と持ち家の文学史』（一九九八年十一月、三省堂刊）で、「道草」のテクストを「借家」という視点で論じている。
（18）柳田泉『幸田露伴』昭和十七年二月、中央公論社刊。
（19）『露伴全集』第三十八巻　昭和五十四年十一月、岩波書店刊。
（20）昭和四十三年十一月、中央公論社刊。

第三章

花柳界における情報媒体、「女中」の物語

『流れる』を読み替える

昭和31年3月、自宅にて

1　はじめに

幸田文が昭和二十六年九月以降、中華料理屋やパチンコ屋、犬のブリーダーなどを訪ねて職探しに奔走したことは、よく知られている。それは露伴の「名声」に頼らず生きようとする、つまり断筆宣言の「いまの私が本当の私かしらと思うのです。やはり私には持つて生れた私の生き方があるのです。」という言葉を実現する幸田文子の自分探しの旅であったわけだが、その果てに再び書き手として立ち上がった時、幸田文という創作主体はもはや従前のままであり得ない。何故なら、彼女にとって自分探しの旅は、「断筆宣言」の「書かない決心ですが、人間のことですからあるいはまた書きたくなるかもしれません。そうなつたらどんなに悪くいわれようとも書かなくては済まないでしよう。」を指針とする模索でもあったからだ。

したがって、「断筆宣言」後、第一作目の連載小説「さゞなみの日記」はこれまでのような露伴を中心とした幸田家の日常や身辺の雑事などに取材したものではない。戦争で夫／父を失った母子家族という戦後日本の社会問題にコミットしようとしたものなのである。「多緒子」と「石山さん」の娘の結婚問題を通して、二つの家庭における平穏な日常の中に、漣のように起こる家族意識の揺らぎと、それとともに顕在化する生の不安が描かれている。語り手が客観的な視点で捉えたこの作品は、メディア／読者が仮構した物語〈露伴の娘〉を切断し、小説家／フィクション、つまり文学者という虚構の中で幸田文が生き直そうとする試行の原点なのである。

小説の中心舞台である「多緒子」の家は、戦前の中流家庭で明るくて聡明なモラリティーに満ちており、ここに出入りする男性達もまた、母娘の所帯を暖かくサポートする好人物である。だから、この家庭は時代の激流に翻弄され、解体を余儀なくされるわけではない。母娘が直面するのは、子供の結婚問題に端を発して、どの家庭でも体験する古くて新しいテーマである。当代の二つの家庭モデルを設定してはみたものの、登場人物はどれも作品世界で呼吸していない。だから、家庭内部で表出しているはずの世代間の確執は生じない。物語は仲のよい母娘が互いの将来を気遣いつつ、いかに聡明に子別れと親離れをし、自立するのかに焦点が当たっているのだ。

だから、「さゞなみの日記」がこれまで注目されなかったのも致し方ないことなのだ。けれども、この小説が失敗作に終わったことこそ、『流れる』の特異な物語／フィクションの世界が構築される要因となったことは記憶されていい。というのも、先回りして述べるならば、『流れる』のモチーフは自分探しの旅の途上、戦後の性をめぐる法整備（売春防止法）で揺れる花柳界に、女中として住み込んだ体験に基づいていた。さらに幸田文はこれを、物珍しい風俗としてルポルタージュしない。情報の交通するトポス／花柳界で働く〈女中〉が、情報ネットワークの結節点であるという認識の上に立って、情報媒体としての〈女中〉／「梨花」が軸となる虚構世界を造型したのだ。

2　幸田文、偽名という二重の存在性——「梨花」の誕生——

昭和二十六年十二月、幸田文は柳橋に仕事場を持っていた花道家・宇田川理登の斡旋により、芸者置屋「藤さがみ」の住み込み女中として働き始める。この体験が小説『流れる』に生かされたという事情は、あまりにも有名である。『流れる』の連載が完結した直後、武田泰淳、埴谷雄高、椎名麟三が、「創作合評」[*1]で、この作品について批評している。ここで、武田泰淳が「幸田文さん自身といってもいいようなインテリのしっかり者の未亡人が芸者屋に女中として入つて、その芸者屋の内側からこの特殊な世界をつぶさに観察したという形で語られています。」とコメントしているように、早くから幸田文／「梨花」という読み解きがなされている。これ以降、彼女は小説の種取りのために、花柳界に住み込んだのではないかと疑われ続けることになる。『流れる』の映画のプレゼンテイションとして企画した座談会「芸者と女中と妻の生き方」[*2]で、柳橋における幸田文の女中体験が明らかとなった。そして、徳川夢声との対談「問答有用」[*3]で、この情報は増幅された。積極的に情報をアウトプットした背景には、〈露伴の娘〉というメディアが作り上げたセルフイメージを払拭し、新たに書き手としての幸田文伝説を生み出そうとする欲求が潜んでいたのではないか。岩波書店版『幸田文全集』別巻（平成十五年六月刊）には、芸者置屋「藤さがみ」から小林勇宛に出した書簡（日付は昭和二十六年十二月十四日）が収録されている。

此の八日から女中さんになりました、柳橋の小さい芸妓置屋のお勝手をするのです、秋の初め頃から新聞広告を頼りにして出かけたのですがうまく行きませんでした、何しろ幸田文のわかりそうなうちへは行かれませんし苦労しました。それに私に出来ることゝいへば家事手伝より他ありませんから結局はどうしてもかういふ処に落付くより他ありません、動機はまたいづれおめにかゝつた時申上げますがほゞ御察し頂けると思ひます。（中略）／朝八時から夜一時迄の間なしの労働です、でも元気でさわやかにうごいてゐますから御安神下さい。珍しい事だらけです。もう一人の私が女中の私をみてゐます。

住み込み女中となった六日後に書かれたこの書簡には、二つばかり注目すべき事柄がある。まず、「幸田文のわかりそうなうちへは行かれません」というコンテクストから、身分、そして名前を偽って勤め先に入った事が窺えるのである。こうした事情は必然的に、彼女に幸田文である一方で、偽名（追伸として「〇〇さんの名かりてゐます」という記述もある）がもたらす二重の存在性を生きさせることとなろう。幸田文は、このことについて、「もう一人の私が女中の私をみてゐます。」と、小林勇に報告しているわけなのだ。それは彼女の身の上を案じているであろう小林を安心させるための偽りではあるまい。このコンテクストの直前に書かれた「珍しい事だらけです。」という記述は、この二重の存在性の故に顕在化してくる事象なのだ。いや、幸田文、そして偽名という未体験の自己を「珍しい事」として、客観視していたといってもよかろう。

山本健吉は「幸田文論」[*4]において、『流れる』のヒロイン、すなわち芸者置屋「蔦の家」の女中「梨花」を、次のように読み解いている。「裏がわから見た花柳界の女たちの生態を描き出そうとする視点が、そのまま梨花の存在のなかに嵌め込まれており、従つて梨花は、この小説のなかの登場人物であるよりも、非人格的な一つの視点なのである。（中略）そのような視点を、あえて一箇の登場人物として押出したところに、この小説の特異さがある」、「幸田氏が始め《（ママ）》て本格的な小説と取組もうとして、作者＝登場人物という私小説的図式の矛盾にぶつからなければならなかつたことを、これは示しているのだ。」と――。

作品世界における「梨花」の役割に着目した優れた指摘であるが、幸田文は山本の考察したような「私小説的図式の矛盾」に突き当たったのでもなく、「梨花」を視点人物としてのみ造型したのではない。彼女は最初の本格的な小説「さゞなみの日記」で失敗を経験した。それによって、幸田文であり、なおかつ偽名という存在性を有効に機能させる小説の枠組を構想してゆく中で、「梨花」という人物が立ち現れてきたと思われる。その「梨花」は単なる視点人物ではなく、『流れる』という作品世界の進展によって捉え直されていくアイデンティティを与えられているのだ。だから、幸田文は「私小説的図式」を脱構築することで、『流れる』における語りの世界を完成させたと思われる。

さて、小説『流れる』の語りは次のように始まる。

このうちに相違ないが、どこからはひつていゝか、勝手口がなかつた。

往来が狭いし、たえず人通りがあつてそのたびに見とがめられてゐるやうな急《せ》いた気がするし、しやうがない、切餅のみかげ石二枚分うちへひつこんでゐる玄関へ立つた。すぐそこが部屋らしい。云ひあひでもないらしいが、ざわ〳〵きん〳〵、調子を張つたいろんな声が筒抜けてくる。待つてもとめどがなかつた。いきなりなかを見ない用心のために身を斜によけておいて、一尺ばかり格子を引いた。と、うちぢゆうがぴたつとみごとに鎮まつた。

このような冒頭部分のコンテクストと出会った読者は、誰とも知れない独白者の張りつめた緊張感を、否応なく共有することになる。この登場人物の警戒心は、今立っているトポスが、まず普通の民家と異なることから発している。そして、勝手口がない、往来が狭い、そのために通行人に見とがめられかねない状況を、家屋が作り出している。それと一体化した街並みの構造こそ、実は読み取り不能に陥ったこの人物の語りとパラレルなのだ。にもかかわらず、出来事が玄関の戸を開けなければ始まらないとすれば、その身構えは見ない／見られないという用心（覗くという礼儀を欠いた視覚＝この人物の自覚的なもの）を強いられざるを得ない。

このように『流れる』は、読み取り不能の記号（情報）に出くわした不審者が、おのれの世智を最大限に働かせながら、やがて女中として住み込むことになる芸者置屋の玄関に立ったところから語り出される。読者はすぐ、この人物が鋭敏な観察眼と思慮深い判断力の持ち主であることに気づくだろう。「店はそれほど大きくはない。間口が六、七メートルほどの壁に、所狭しと人形が並ぶ。カウンター兼用のガラスケースにも、小さな人形が展示してある。」は、内田康夫の推理小説「化生の海」第百五十四回[*5]の冒頭であるが、この視点人物である名探偵「浅見」の観察眼と比べても、はるかに鋭い。繰り返しになるが、訪問先の玄関の戸を開けた時の身構えは内部をうかつに見るまい／内部にいる人間に見られまいという思慮深さであった。読者はそうした訪問者を、覗き見するためにやってきた他者として認識されることに対する警戒心、そしてまた他者におのれを曝さないというそれの持ち主と捉えるだろう。これこそが、やがて物語の中心となる人物のメンタリティーなのである。

「ない」と語られ始めたこのトポスは、驚くべき情報の「ある」世界であったことが、だんだん明らかになるだろう。ところで、新潮社版のテクストでいえば、冒頭から数えて六十四行目、ここに至ってようやく名前が明かされる（この「ない」という事態に宙づりのままに置かれている）異常さ。そしてまた奇妙な事に「一尺ばかり格子を引いた。と、うちぢゆうがぴたつとみごとに鎮まつた。どぶのみぢんこ、と連想が来た。もつともじぶんもいつしよにみぢんこにされてすくんでゐると、」と語っているのが「じぶん」なのか、誰なのか判然としない。このような不分明な語りの上に浮かんでいるからこそ鮮明になる「梨花」とは何者なのか、という疑念に、読者は作中人物達とともに囚われ続けるのだ。

山本健吉は、先程紹介した「幸田文論」で、「梨花」を次のように分析している。「だが、ほんとうはこんな出来上がつた老女中がいるものではない。幸田家の最低の行儀・躾が、一般的には最高の行儀・躾に外ならぬという立場、言わば一種の超絶的な立場を、梨花が体現しているわけで、その立場からする批判に堪えうる女たちが、現実にあろうとも思われない。」と——。山本が幸田文／「梨花」

という図式で、『流れる』の物語空間の中心に存在する女中を読み解くことに対して慎重だったことは、確かである。

しかし、この女中の奇妙な内実に光を当てた時、それがあまりにも女中の一般的事例から逸脱しているため、露伴の娘なるが故に体得出来た教養を持ち出して、読解せざるを得なかったのだ。「この一篇が身辺記・回想記としての性格を脱しているが、そうかと言って、客観的な風俗記録・人間記録として見れば、あまりに偉すぎる女中梨花が、登場人物としてあることが邪魔になり、その客観化をさまたげているのだ。」というきびしい批判が書かれたのは、視点人物として設定された「梨花」がややもすれば語り手の掌中を抜け出して活躍してしまうからだ。なるほど、この賢明な女中は処置に困る存在であるらしい。

座談会「芸者と女中と妻の生き方」[*6]において、映画『流れる』の脚本を担当した田中澄江が、「いっとうむずかしいとおもったのは、芸者屋のおかみさんが中心に事件がうごいているのですけれども、実は梨花という素人の女中さんが主人公なんですよ。ですから二人の主人公があるわけで、どちらをたてるかということが、脚色する場合にまず困ったのです。」と述べている。迷った末、田中は「流れる」[*7]で「梨花より女主人をたてた方がいい」という判断を下した。「梨花」を映画の一点景人物とするために、田中はどのような工夫をしたのだろう。それは「梨花」から「春さん」へ、すなわち、この特権的人物を女中一般の地位に貶めることであった。小説『流れる』を解体し、映画的世界に組み替える上で必須条件とは何かを考え抜いた末の結論がこれだった。とすれば、「梨花」が「蔦の家」の

「主人」によって、本名を消去されたにもかかわらず、物語の進行とともに、名前を取り返していくという設定は、『流れる』の作品世界を読み解くキイ・ポイントかもしれない。

3　情報媒体としての「女中」——女中になること／女中を発見すること——

では、『流れる』の作品世界に入ってみよう。引用する場面は女中となったヒロインが「主人」の意志で、「梨花」という本名を抹消されてしまう箇所である。

「梨の花とかきます。」
「へえ、梨の花！」若いのが噴き出した。たぶん四十すぎの女中に花がをかしいんだらう。どこへ行つてもこの名がひつかゝつて笑はれるが、笑はれる名がついてゐることはなんて好都合なんだらう、劣等視の笑ひを受けるのは親近感が生じることなのだ。

（中　略）

「ねえ、ちよいと梨花さんつていふのよびにくいわ。せんのひと春さんだつたから春はどう？」
もちろん主人の御意のまゝである。符牒は通りのいゝはうがいゝ。

読者はここで、「梨花」という名前で語られている中年女性が、名辞することの意味性について、深い洞察をしていたことに気づかされるだろう。人間はこの世に生まれると、名づけ親の命名した名前を授けられる。それはおのれの生命の誕生自体がそうであるように、否応なく受け入れざるを得ないことなのだ。だから、命名されることとは、さまざまな不条理に満ちたこの世界の住人となることを甘受することでもあろう。それこそが生きることの根源的イメージであることを、彼女は社会と向き合ううちに、嫌というほど思い知らされたと思われる。「梨花」なる女性は、夫と死別し、なおかつおのれの産んだ子を失い、社会の中で漂流するのだが、この時に他者の眼に捉えられたおのれとセルフイメージのズレに気づく。

その象徴として、「梨花」という名前をめぐる物語がなされているのだ。「主人」は「りか？ 珍しい名だこと。異人さんのお宗旨名？・」と尋ねる。「主人」の質問内容が理解不能（キリスト教文化に浴した者の証しであるという意味づけに対して）だったのか、名妓と謳われた「主人」の直感が核心を突いていたのに対してわざと空っとぼけようとしたのか、「梨花」は「は？」としか応えていない。この直後に、引用したコンテクストが接続しているのだが、突然の、さらに奇妙な名前を持った来訪者のために、「蔦の家」はちょっとした緊迫感に包まれた。この雰囲気を一気に緩和させたのが、「梨花」という名前である。清楚、若やいだイメージを抱かせる名前（それは漢字変換されることで浮上し、もう一つの「リカ」は消去されるのだ）が、彼女の四十代の身体性とのズレを喚起させる。その時、「梨花」はおのれがリアルに社会と直面していることを実感する。「笑はれる名がついてゐることはなんて好都合なんだらう、劣等視の笑ひを受けるのは親近感が生じることなのだ。」というコンテクストは、それを裏書きしているわけである。
『流れる』の語り手が、このような場面を物語ろうとしたことに注目せねばなるまい。なぜなら、語り手が「梨花」像をいかなるものとしてアウトプットしようとしたかが、確認できるからだ。それを浮き彫りにするために、田中澄江の映画『流れる』台本を開いてみよう。

6　表

なみ江が出てきて、さっさと通りの方へ行く。
梨花があたりを見回しながら来る。
つたの家の表札を見て、玄関の戸をあける。

7　玄関——八畳——六畳——風呂場

梨花「ごめん下さいまし」
なな子「（顔を出し）どちら？」
梨花「は…職業安定所から参りましたんですけれど…（と紙を出して渡す）」

田中は『流れる』という物語の織物をどのように脱構築し、ドラマツルギーとしてのコンテクストを浮上させたか。まず、ドラマの舞台である花柳界というトポスは異界ではない。だから素人（表／

公）が何の警戒心もなく、職業安定所の認知した履歴書を携えてやって来れるわけなのだ。比喩的な言い方をすれば、「6　表」とは、異界と表の世界の境目ではなく、これもまた表の世界たることを暗示する記号である。それが明らかになったならば、映画世界に生きる「梨花」にとって、このトポスは「珍しい事」（小林勇宛幸田文書簡の表現）に満ちた空間であり得ないだろう。たとえ、そうであったとしても「珍しい事」を収集・統御し、情報化することは出来まい。だから、履歴書を提示している設定にして、彼女の名前をめぐって緊迫する原作の場面は生かされないのだ。田中の造型した「梨花」は、このようにして彼女が意図したどこにでもいる女中の典型に成り果せたわけである。

一方、小説『流れる』の語り手は、いかなる「梨花」を物語ろうとしているのか。このトポスの異質性を、家屋と町並みの構造の中に読み取ることも然ることながら、名前をめぐる場面における思考の形に、「梨花」と名づけられた女性の本質を見出している。その「梨花」は、また次のように語られる。風呂の湯を沸かすために戸外にいた試用期間中の目見え女中「梨花」は「蔦の家」の屋内に戻ってきて、通いの芸者「染香」に初めて対面する。語り手はその場面を「いつ来たのか、若くもないと、いしよりでもないらしい女が、肌をくつろげて襟おしろいをしてゐた。／「春さん、猫嫌ひらしいね。」今つけられた名までもう知つてゐる。あつけにとられるやうな速さである。これは用心しなくてはいけない、スピードの目盛《めもり》が一ト桁高いといふ恐れをもたされる速さである。そして又なんと、新しいといふことは逸早く古くされてしまふ世界だらう。」と語っている。このコンテクストから立ち上がってくるのは、めまぐるしい情報世界の巷に入り込んだ「梨花」の驚嘆ぶりである。語りによって浮上する「梨花」は、すなわちコミュニケーションの生動する世界をリアルに感受しつつ、おのれがこの渦中に生きているという自覚の持ち主である。

だから、山本が指摘したような存在、つまり外部に情報が漏れることのなかった花柳界という異界を覗く視点として、「梨花」は仮構された者ではない。この空間でリアルに呼吸しているが故にコミュニケーションの現場を鋭敏に感知しつつ、ここで生動する言説の中に、おのれの実存性を読み取ろうとする人物なのだ。「梨花」が芸者置屋の「主人」に「ねえ、ちよいと梨花さんつていふの呼びにくいわ。せんのひと春さんだつたから春はどう?」と持ち掛けられると、ためらいもなく「もちろん主人の御意のまゝである。符牒は通りのいゝはうがいゝ。」と応えられるのも、このためである。つまり、自己をも情報ネットワーク内で流通する記号、と認識する存在者「梨花」を、語り手は語っているのだ。このような認識を体現している故に、彼女は花柳界の内実を情報化し得たわけである。

といっても、「梨花」が「春さん」のままでは、家事仕事に明け暮れる女中一般の域を出られない。語り手は彼女が女中として働くこと（「春さん」）と、女中になること（「梨花」）とを峻別しながら、他者の眼差しの中で、後者へと読み替えられていく様を追いかけている。たとえば、「ちよいと、あの、なんていつたつけね、梨花か、……どうもじれつたい名だね、女中はかうすらつとした名のはうがいゝんだが。春さん!」（雑誌掲載稿の『流れる』第一回）と呼びつけた「染香」だつたが、第七草に至って「見せたかつたね梨花さんに。染香はこれでも、つぶしの染香つて云はれてね、」と様変わりする。

興味深いのは「なゝ子」である。雑誌掲載稿の第一章の「ねえ春さん、おねえさん相当なのよ」と

「な、子」が呼び掛けた人物名は、単行本では「梨花さん」に変換されている。「若いな、子は本名の梨花のはうがい、とさう呼ぶし、染香は春さんとよりほか呼ばない。」（『流れる』第三回）というコンテクストにも目を向けよう。この若い芸者が誰よりも早く新入りの女中の呼称を変換した背景には、会社の事務員から転身（素人）という彼女の劣等と優越が表裏一体化した意識がかかわっている。そんな「な、子」は花柳界に対する知識のない素人女中に、このトポスの常識や、ここに飛び交っている生《なま》の情報を提供することになる。そのことは後述するとして、こんな「な、子」を皮切りに、「染香」、「勝代」、「蔦次」、「主人」の順に彼女の呼び名を「梨花」に改めていく。それは「蔦の家」にやって来る外部の人物「鬼子母神」や「佐伯」にも広がっていると、語り手は物語るのである。

なぜこのような事態が生じたのか。それは語り手が、やがて「蔦の家」の内外で生動するコミュニケーションを統御する位置に立っていく存在性に着目したからではないか。そこで、試みに「梨花」が家事労働を終えて銭湯で入浴している場面に、スリップ・インしてみよう。

と、「今晩は」と挨拶された。知らない顔だつた。「鶴もとの台処でございますよ。お向うの鶴もとでございます。あちらさんぢやあい、女中衆が見えたつて、うちのおかみさんが羨ましがりましてね。ちようどうちでも一人手の足りないところなもんで、冗談ですが、なんだつたらうちのはうへ来ていたゞきたいなんて申しましてね。」

こちらは新米の目見えでまはりのことをかまつてはゐられなかつたが、向うの待合では見物をしてゐたに相違ない。洗湯の裸で引つこ抜かうといふのである。はつきりしてゐると云へばこの上なくはつきりしたかけあひ、早いといへばちやつかりした早い交渉だが、そこにゆとりをもたせてふはりとした持ちかけかたをする。誰もが口利き上手なのだ。つうと云へばかあの世界だ。鶴もとの女中は、どこの縁故で来たか、花柳界へ勤めたことがあるのか、雇入れの契約はもうできたのかと、必要なことだけぬかりなく訊いておいて、訊いたおかへしのやうに、自分のところの家族や商売の繁昌やおかみさんの気象まで内容豊富に聴かせてくれる。

「梨花」は住み込み女中の二日目にして、花柳界の住人達の注視に曝されていたことに気づく。覗き見ていた影の存在が姿を現わし、「梨花」と会話するこの場面には、巧みな話術を駆使して相手の情報を収集する一方で、情報を提供する有能な花柳界の女中に対する「梨花」の好奇心が語られている。これまでは彼女にとって、身体の汚れや疲労を洗い流す場所でしかなかった銭湯が、脱着することで解放された身体性そのままに、秘されていた情報が開示され、交通するトポスという発見――。「梨花」が花柳界の下部構造を支える情報の現場をリアルに体験したことは、花柳界というトポスを読み替える想像力を獲得する契機となろう。そして、何よりも重要なのは、女中という存在性に対する新たな視点である。それは、「梨花」の身の上に降りかかった嫌疑によって顕在化する（語りの現在において、まだ梨花は自分自身が捉え直しによって浮上する女中のイメージを体現していたことに気づいていないのだ）。「染香」は「主人」の五万円の出所を知りたくて、こんな言葉を発する。「知らないはずあるもんか。そんなこと云つちやなんだけど、あんたは眼はしが利いてるし、おねえさんは新しもん好きだから、いまんところあんたを信用しきつてゐるやうすだし、……それに芸者のからくりなんてものは、親兄弟にも朋輩にもうまく隠してあるときには、きまつて役に立つ女中に明してあるもんなんだもの。」――。

この直観は的外れだったが、花柳界に何十年も身を置いている老妓の「梨花」に対する「役に立つ女中」という評価だけは、核心を突いている。というのも、のちになって彼女は「主人」に内緒話を持ち掛けられるからである。「これはまだ誰にも話してないんだけれど、あたし商売をはじめようつていふの。（中略）旅館はどうかつて計画なの。それには気の知れたしつかりものがゐなくつちや、……どう？ してみない？ あんたは先《せん》から使へる人だと思つて」という「主人」の発語は、「染香」の鑑識眼の確かさを証明してくれるだろう。そして、小説世界の裏側に存在し、「蔦の家」の命運を握っている「佐伯の主人」にも、「梨花」は見込まれて名目上の女将にと頼まれていた。彼は、知人で花柳界の有力者「なんどり」から、彼女自身が面会して捉えた「梨花」に関わる情報「芸者が秘書より上手《うはて》な点は、対手にしやべらせることができる口まへを持つてることなのよ。……私さつきから感心してゐた。あんた私にさへしやべるまいとしてゐるものね。」を入手したのだろうが、この美質は「役に立つ女中」（「染香」の評言）の必須条件に違いない。

語り手はこのように「春さん」の裏面に潜在していた「梨花」が浮上するエピソードを紹介している。その彼女は花柳界において、「梨花」という名前を消去された。だが、「春さん」として家事に従事するうちに、この世界に棲む人々の眼差しの中で、次第に「梨花」／「役に立つ女中」として捉え直されていった。と、この語り手は物語っているのだ。それは、「蔦の家」の内外に張りめぐらされた情報ネットワークの中枢に位置取る「梨花」像を描出することでもある。

4 「梨花」／語り手のはざま——生動する情報媒体「梨花」を描出する戦略——

ところで、再び幸田文の小林勇宛書簡を想起してみたい。「朝八時から夜一時迄の間なしの労働です、でも元気でさわやかにうごいてゐますから御安神下さい。珍らしい事だらけです。もう一人の私が女中の私をみてゐます。」というコンテクストで、本文は閉じられていた。幸田文はこれでは不十分だと思ったのだろう、「○○さんの名かりてゐます　呵々」という追伸の文を付け加えている。幸田文、なおかつ偽名というフィクショナルな存在性を生きているスリル感を楽しむ幸田文が、ここにいる。『流れる』が書けたのは、幸田文がただ単に、柳橋の住み込み女中になったからではない。女中としてフィクショナルな存在性を生きつつ、花柳界の情報ネットワーク内で生動する女中となる／みなされる女中像をイメージし得たからに外ならない。本稿はこのような視点に立って論述を続けてきたわけだが、そこで、新潮社の編集者が書いた単行本『流れる』広告文[*8]を紹介してみたい。

「大川筋の芸者屋に、女中として住みこんだ中年の素人おんなが、そこで玄人の世界の珍らしい習慣や心理に接しつつ、素人独特の意気と誠実さで玄人衆の上に立ち、ついにその一家を任されるほどになる日々を、みず〳〵しい感覚と詩情で描く。大川筋にいとなまれる日常生活のささやかな起伏の中に、現代の一面を描き出した力作長編である。」――。ともすれば、視点人物「梨花」の捉えた外部に批評の眼が向きがちなのだが、女中の変容に読者の読みを導いていこうとするこの文章は、『流れる』受容史の中で消えてしまった。

この連載小説は完結した直後から批評の対象となった。埴谷雄高は「創作合評」で「戦後芸者読本」[9]と発言しているが、この流れを受けて、単行本刊行ののちに、次のような批評が現れる。「週刊朝日」掲載の匿名批評のタイトルは「芸者風俗図絵」[10]、また丸岡明の書評[11]は「個性ゆたかな文学――女の眼を通して描いた花柳界！」であった。そして、椎名麟三は「婦人公論」昭和三十一年五月号掲載の書評で、「この小説は、幾分古めかしいところのある芸者屋の内部をえがいた佳作である。芸者の世界を全く知らない私にとっては、何かもの珍しかった。べつだん遊びたいとおもってはいないが、なかなか芸者さんの世界もやり切れないものだな、と思った。」とコメントしている。このように『流れる』の批評を列挙すると、珍しい外部である花柳界を描写したテクストとして読み解く時には、遊客としてこのトポスに足を踏み入れる男性の感性が、おのずと表出してしまうことに気づくだろう。

花街の如き特殊な区域を描こうとする際、かつてここの住人だった人物と外部から取材にやってきた書き手が位置取るスタンスは、おのずと異なるだろう。物書きのプロでない前者は、語り手としてのおのれ／主体と描かれる対象にふさわしい文体を構築し難い。だから、語り手／自己が、一人語りしながら秘されたトポスの内幕を暴く、という初歩的な手法に縋る。そうした一例に、増田小夜『芸

者　苦闘の半生涯』*12がある。「水揚げのときのしぐさを、母さんはこまごまと手をとって教えてくれました。それに姉さんたちも、よく『耳を噛んでやったら喜ぶ』とか話をしているので、私もそれらの話に手早く学んで、寝床に入ってからは自分の方から手を出しました。いいとかいやだとかでなく、ただ相手に気に入られようとのいっしんで、これも芸者の悲しい習性と言えましょうか」――。このように書き手が芸者の場合、彼女は書く行為（告白）／テクスト（ポルノ化する身体）を通して、読者による汚辱を、追体験させられる羽目になるのだ。

一方、プロのライターや作家は、メディアの注文に応じて、取材して得たランダムな情報を篩に掛け、精査する過程で浮上したストーリーに、相応しい語る主体／文体を選択するだろう。その際、書き手のキャラクターが売り物となる読物ならば、語り手／視点人物によって編成される語りの構造が求められるだろう。これが報道性の高いメディアからの依頼であれば、語り手／視点人物の情報を扱う手つきは、フィクションにもせよ、必然的に客観性（透明な語りにいざなう）を帯びるのだろう。いずれの書き手になっても、これらの主体は外部からやってくる取材者であり、メディアに表象されることにおいて変わりはない。ここには冷徹な経済の論理が貫かれているから、取材の舞台が性風俗だった場合、主に読者の覗き見したいという欲望にリンクするものになりかねないだろう。

そこで、再び幸田文に戻ろう。彼女の著作リストを調べてみると、昭和二十四年二月から翌年八月にかけて、断続的に連載された随筆「みそつかす」に出合うが、この間に、第1章で紹介した「断筆宣言」という事件が伏在している。金井景子は「『追憶書き屋』の原郷――幸田文『みそつかす』が教えてくれること――」[13]で、幸田文が少女期の幸田家を書くことで、封印されていた心的障害が表出してしまい、再度の障害に苦しめられた、という鋭い指摘をしている。単行本『みそつかす』[14]のあとがき「みそつかすのことば」には「随分くたびれて、もうあとを書くのがいやになつた。」、「私も、たぶん山本さんも、こんなに苦しい思ひをすることにならうとはおもはなかつた。」、「私は文句のかぎりを云ひつくし、山本さんはいつも励ましだけを云つた。」などのコンテクストには、書くことの苦痛が溢れている。

『幸田文全集』別巻[15]に、昭和二十五年九月二十一日の日付を持つ土橋利彦（塩谷賛）宛書簡が収録されていて、これとともに、「同封別紙。蓼科滞在中の別便か」と注記を付した手紙が収められている。「けふも一日一筆もおりなかつた、」という報告で始まり、「山本さんに強力に協力してもらひ度い、あの人特有の「身動きをさせなくするやうな仕事の押しつけ方」をしてほしい。けさはがきくれたのですがそれにその気配が鋭くで、ゐました。あなたからもそう通じて下さい。はつきり停滞してゐるといつて下さい　彼はウソをつくといつてオコルから。」で閉じる手紙である。この文面には「小林さんがズボンボい、といつてくれた」という情報[16]が筆記されているから、幸田文が「みそつかす」連載中に書いた手紙の可能性が高い（ここで、昭和二十四年執筆を示唆しておく）。

文学愛好者にとって、文豪の家というトポスは好奇の対象に違いない。そうした視線を意識しつつ、家の内部で〈みそつかす〉と化したおのれの心象風景を足場にして、「蝸牛庵」を語るためには、秘匿すべき心的障害をも晒す状況（ポルノ化する身体）に耐えねばならなかったであろう。幸田文はこのような苦々しい書く体験を経て、客観小説の「さゞなみの日記」を構想した。その延長線上に、『流れる』は存在している。

　ここで確認しておきたいのは、彼女が単なる性風俗の取材者でなかったことである。幸田文が書いた「感想」[*17]の「私はほんとにあの土地にもあの群像にも、忘れられない懐かしさをもつてゐた」というコンテクストは、一つの手掛かりになる。では、幸田文は「梨花」とこのトポスを、どのように処理しようとしたのか。まず、「梨花」の身の上に関わる情報は、意図的に封印されている。たとえば、五万円を「主人」に届けにやって来た使者から受け取り証明を求められ、「梨花」はこの書類を作成するのだが、見事な彼女の運筆に驚いて、使者が彼女に尋ねる場面である。「「よほど書きなれた字ですものね。あなたこゝへ来るまへ何してなさつた。（中略）人間どこにゐても過去つてものがついて廻りますからな。隠せないものですよほんたうに。」梨花はどきりとする。ほんの些細な点から、どんなにしても隠せない過去が嗅ぎだされてしまふんだらうかと。」。「蔦の家」に用向きで来たには来たが、この見番の男衆の応対に出て来た彼女は一度顔を合わせたにすぎない。「梨花」は自分に平気で大金を預ける男のやりかたに不審を抱き、これは自分を陥れる罠ではないか、といぶかしく思う。二人のやりとりを通して、読者は「梨花」に対する男衆の次のような心理を共有することになろう。彼はすぐれた運筆技術を手掛かりに、女中の人間像の読解に向かおうとしているが、この時に技術から垣間見える女中の総体は興味深い謎となる。それに向けて発した問いが引用したコンテクストであった。しかし、この発問がすばやく訳知りの自答を呼び出し、結果としておのれの過去を秘匿したい「梨花」は守られる。それは、『流れる』のテクストを読む読者が抱く「梨花」とは何者か、という好奇の視線をも封殺する機能を果たすだろう。このようにして、語り手は一挙にヒロインのプライバシー保護と、すぐれた女中という情報の発信に成功する。

次に、このトポスを象徴する語りを紹介しよう。医者に注射されるのを嫌がった「不二子」が「主人」に抱きつき、もろともに倒れる場面である。「ばあばと呼ばれる人の膝の崩れからはふんだんに鴇《とき》色《いろ》がはみ出た。崩れの美しい型《かた》がさすがにきまつてゐた。（中略）あらがひつゝ、徐々に崩れて行く女のからだといふものを、梨花は初めて見る思ひである。なんといふ誘はれかたをするものだらう、徐々に倒れ、美しく崩れ、こゝろよく乱れて行くことは。横たはるまでの女、たわんで畳へとゞくまでのすがたとは、人が見ればこんなに妖しいものなのだらうか。知らなかつたこんなものだとは、」というコンテクストで、語り手の視線を支配しているのは何か。語り手は、間違いなく「主人」と「不二子」の姿態に男を性交に導く／導かれるポルノ化する身体を想起しているだろう。その上で、美の様式という枠組によって、この身体性を読み替える。このような知的操作によって、視姦の誘発を防いでいる。つまり、『流れる』の語りの構造は、花柳界で生動する女中とともに、彼女の身体とシンクロするこのトポスが、ポルノグラフィーの枠組に囲いこまれることを回避しているのだ。

語り手は花柳界について、「なんでもが易々と秘密になり、また秘密がやすくと公開される。秘密や内證《ないしょう》が好きな人たちなのではなくて、秘密つぽさ内證つぽさが好きな土地ぶりなのだらう。」とコメントしている。ここの有能な女中として認知されているからこそ、「梨花」のところに情報が集まってくる。語り手は「な、子はいつもよき報告者である。」というコンテクストが象徴するように、情報の発信と受信の実態を、細大もらさずアウトプットせずにいられない主体である。そうだからこそ、花柳界の総体を情報ネットワークとして、さらに「梨花」をもこのネットワーク上に交通する存在として把握し得たのだろう。

5　おわりに

ところで、川端康成が新潮社文学賞の「選後評[*18]」の中で興味深い指摘をしている。彼は、小説『流れる』の語りの特異性に言及し、「『流れる』は作者の目も文章も非常に立派である。しかし、「私」がわかりにくいのと、ところどころに作中人物を見下すやうな短い言葉が不調和に挿入されてゐるのと、それらは気になつた。」と述べた。このような評言は、たとえば次のような引用文に向けられていよう。

「お風呂何分で沸くかしら。」毎日つかつてゐるであらう風呂の沸く時間を、いま来たばかりの女中に訊くのである。

「さあ四十分くらゐなものでせうか。」でたらめである、ひとのうちの風呂だもの。

二つのセンテンスのうち、最初は「主人」の「梨花」に向けられた発話と、それに対する語り手の批評（「梨花」の側に立った）で構成されている。あとのは、「梨花」が「主人」に応えた発話と、「梨花」の内面で囁かれたそれに対する自己言及を、語り手が掬い取って「である」体で物語ったものだ。これだけならば語り手／「梨花」、川端の評言を用いれば「私」という物語の主体でしかない。ところが、川端は『流れる』の語りはこのような枠組では捉え難いというのだ。

たとえば、「ひとのうちの風呂だもの。」というコンテクストでいえば、「梨花」の肉声が、語りの規範から突出しているからだ。中村光夫ならば、このような語りを、「抱きついてくる妻の背中に両手をまわしながら、『嵐のなかの恋人たちというところか』了介は肛のなかで笑った。」[19]と、二重鍵カッコに括るところだろう。これとは異なって、一つのセンテンスに三通りの語りが実現されている面白さ。

小林裕子が「身体の重みと動く身体――『流れる』――」[20]で、もはや「この小説では語り手と梨花が重なり合い、ほとんど全て梨花の視点から描かれるのだが、ごくわずかに、彼女自身と離れた場所から梨花を描写した部分がある。」と鋭い指摘をしているが、幸田文は『流れる』で多重な語りの構造を築き上げ、特異な情報世界である花柳界と「梨花」をめぐる物語を造型したのである。

注

＊1 「群像」昭和三十一年一月号に掲載。

＊2 「婦人公論」昭和三十一年十二月号に掲載。

＊3 「週刊朝日」昭和三十二年二月三日号に掲載。

＊4　『現代日本文学大系　69』昭和四十四年十一月十五日、筑摩書房刊。
＊5　「東京新聞」平成十五年六月七日朝刊に掲載。
＊6　「婦人公論」昭和三十一年十二月号に掲載。
＊7　「キネマ旬報」昭和三十一年十月一日号に掲載。
＊8　「新潮」昭和三十一年一月号に掲載。
＊9　「群像」昭和三十一年一月号に掲載。
＊10　昭和三十一年三月二十五日号。
＊11　「日本読書新聞」昭和三十一年四月一日に掲載。
＊12　昭和三十二年八月初版、昭和四十八年十二月第二版、平凡社刊。
＊13　「国語通信」平成九年九月号に掲載。
＊14　昭和二十六年四月、岩波書店刊。
＊15　平成十五年六月、岩波書店刊。
＊16　「ずぼんぼ」は「文芸評論」昭和二十四年四月に掲載された。
＊17　「新潮」昭和三十二年一月号に掲載。
＊18　「新潮」昭和三十二年一月号に掲載。
＊19　『わが性の白書』昭和三十八年十一月、講談社刊。
＊20　『幸田文の世界』一九九八年十月、翰林書房刊。

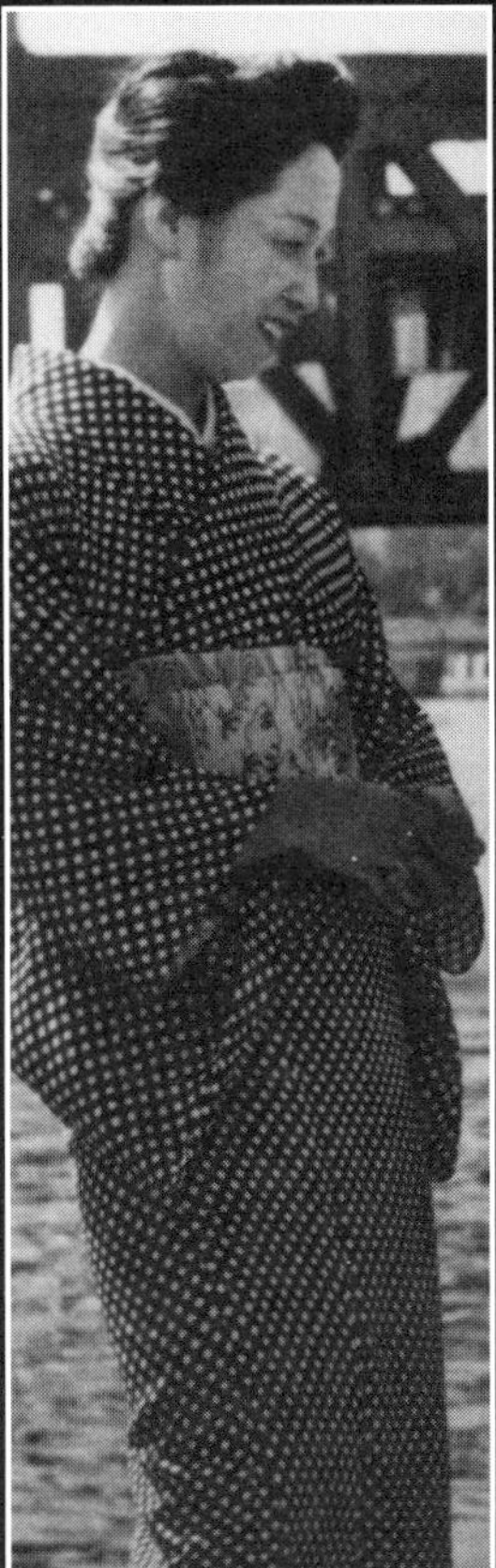

隅田川の河畔で語り合う川口浩と幸田文
（「週刊公論」昭和35年10月25日号）

1　端緒

「げん」と「碧郎」は病院からの帰宅途中、写真館に入る。弟はこんなことをいう。

「い、かねえさん、おやぢのことだつて考へなけりあ。——写真の一枚くらゐあつたはうがよかろ？　おなし病人でもけふは立つてゐる病人だし、あすは寝かされてる病人だもの、そのあとは何年か、つて治るつて云ふんだい？　死んだはうがましだあ。おれのはうでさきへ捨てらあ、肺病なんか。——気は強いんだよ」——。

このような会話の後、姉弟は仲良くツーショットの写真を撮る（図1）。「幸田文さんの涙」[*1]で使用されたあのフォトグラフである。肖像写真の中で成豊（「碧郎」）は、見られるであろう存在をはっきり意識している。写真に見入るこちらと眼が合うのだ。だが、成豊に焦点を合わせると、文（「げん」）の視線は虚空をさまよっている。一見、仲良く見える姉弟のツーショット写真だが、二人の意識のズレをあぶり出している。たとえば、次のようなシーンを紹介しよう。「碧郎」の意識に張りついた心象風景をめぐる物語りだ。比喩的に言えば、ツーショットの中で、「碧郎」の眼差しは、「ねえさん、こんな景色考へたことない？」から語り出される内部世界に向けられており、「げん」は言語で織られたこの風景が「よくわからない」。が、なんとか読み解こうとしている。

「ねえさん、こんな景色考へたことない？　自分が丘の上にゐて、その丘は雲の下なんだよ。うす寒い風が吹いてるんだよ。眼の下には港があつて船と人とがごた〳〵してる。入江がぐうつと食い込んでゐて、海は平ら。あちらの岬に人家がならんで見えて、うしろは少し高い山。海は岬の外へずうつと見えてゐる。陽は自分のゐる丘だけに暗くてあとはどこでもいゝ天気なんだ。平凡だよね。平和だよね。どこにも感激するやうな事件といふものはない。でもね、さういふ景色うつすらと哀しくない？　え、ねえさん。おれ、そのうつすらと哀しいのがやりきれないんだ。ひどい哀しさなんかまだいゝや、少し哀しいのがいつも浸みついちやつてるんだよ、おれに。癪に障らあ、しみつたれてゝ。――」

図1　大正十四年六月撮影

よくはわからない。けれど、陽のあたつてゐるあちらに平常の世界があつて、自分は丘の上にひとりすか〳〵と風に吹かれてゐるといふ景色はよくわかる。

皮膚が油気もなく乾いてゐるのに、背骨はじと〱と湿《しめ》つてゐる……おもしろくなさ。弟にさう云はれゝば姉にも通じるものはある。やりどころのないつまらなさである。寂しい家庭であつた。

さて、「碧郎」はこの写真が遺影となるかもしれないと予感し、ここに姉を写し込もうと企てた。死後、この肖像写真が近親者に見られる時、彼は有力なおのれの語り部を持つことになるだろう。「げん」はこの役割を担わされるために、フレームの中に呼び入れられたのだ。この写真が喚起し続ける自分と成豊の物語を解き明かすために、『おとうと』は構想されたのではないか。

＊

幸田露伴は私事について書くのを忌避した人であった。それに対し、娘・文子は幸田露伴という文豪の死を書かされるところから、作家生活を始めている。「幸田文」は、幸田露伴のいる家庭風景を、「想ひ出屋」という立場から語ることを要請され、そして受容したのだ。だから、昭和二十年代に執筆された作品には、露伴そのものは登場していなくても、彼の姿が濃厚に漂っている。

さて、昭和三十年代に入り、幸田文は自分の女学校時代をモチーフとした連載小説『草の花』と「続草の花」というサブタイトルを持つ『おとうと』を書くことになる。これらには当然のことながら露伴が登場するのだが、その存在は稀薄だ。幸田文はその小説世界を、いわば露伴のいる家庭風景から露伴もいる家庭風景へと巧みにシフトさせ、おそらく彼女がかつて造型した露伴を核とする家族像を一旦解体し、それに従属していた自己を中心にした家族の物語へと組み替えていこうとしたのだ。これは「私は筆を絶つ」[*2]で語った「父の思い出から離れて何でも書ける人間」という幸田文の新たなセルフイメージと深くつながっているだろう。

『おとうと』に登場する「碧郎」は肺結核のために十九才で病没した幸田成豊がモデルである。「碧郎」には姉が一人、名前は「げん」。幸田文がモデルなのは衆知の事実である。この小説は姉「げん」と弟「碧郎」を中心に展開する。中学校の校庭で起きた傷害事件をきっかけにグレてしまい、あげくの果てに鬱屈した心情の赴くままに生きる日常がもとで、結核を発病し死亡してしまう弟。そして、家族が不和なればこそ自分一人でも弟を守り通したいと奔走する姉との心理的葛藤と姉弟愛が物語られている。

そこで、この小説のタイトル「おとうと」である。タイトルとなった「おとうと」とは「げん」の弟、つまり「碧郎」である。だが、この人物に注意して小説を読み通していくと、彼は「おとうと」と一度も表記されていないことがわかる。たとえば、姉と弟が小説に初めて登場するシーンはこうである。


げんは急いでゐる。一町ほど先に、ことし中学一年にあがつたばかりの弟が紺の制服の背中を見せて、これも早足にとつとと行く。

正宗白鳥が『おとうと』について、「今の文壇は才女時代か」[*3]で、小説作法をわきまえない素人の小説にもかかわらず、最後まで読ませてしまう才筆を讃えていた。客観小説でありながら、「げん」は「げん」でなく幸田文に限りなく似ている。だから、「げん」の弟「碧郎」を、幸田文の分身「げん」に寄り添いながら、語り手は物語を展開していく。幸田文／「げん」という語る、語られる関係が癒着しているところから、本来、客観的な語り手の語りようもない「おとうと」が、タイトルとなったのだろう。しかし、小説の語りで駆使されたのは「弟」であった。「おとうと」なる表記、さらにそう表記される存在はタイトルにのみ存在する。つまり、「おとうと」は「碧郎」／「弟」とイコールではないのだ。

では、「おとうと」とはいかなる存在か。また、「碧郎」と「げん」の姉弟が生きた小説空間『おとうと』は、なにを物語っているのか。このような問いは、ともすれば幸田文と弟・成豊の姉弟愛という方向へとリードする読解から、『おとうと』のテクストを解放し、多面的な読みの可能性を探る端緒となるだろう。

2 『おとうと』をめぐるメディアの言説——姉弟愛というプレゼンテイション——

まず、メディアが『おとうと』に対し、いかなる言説を発信したかを確認しておきたい。奇妙なことだが、『おとうと』は刊行される以前にベストセラーだった。この小説の内容見本には二つの情報が印刷されている。まず、中央公論社刊行のベストセラー、宇野千代『おはん』、深沢七郎『楢山節考』、谷崎潤一郎『鍵』のブック情報が列挙され、それらは「ベスト・セラーの中央公論社が初秋におくる感動の名作！」という『おとうと』へと収斂するリード広告となっている。もう一つは「松竹映画化決定」というロゴである。松竹による映画化は実現しなかったが、当代の人気娯楽メディアから注視されていたという情報は、まさにベストセラーを製造する有効な仕掛けとなったはずである。

その直後、出版担当となった編集者は読者に向け、「朝日新聞」昭和三十二年九月二十八日朝刊紙上に広告を掲載し、「清冽　魂を洗う純愛の書」というプレゼンテイションをした。そして、作品世界を紹介した後に「これは幸田文さんが、薄幸の愛弟の面影を求めて綴った『愛のかたみ』である。」と説明している。

その後も中央公論社の『おとうと』販売戦略は続いた。「婦人公論」昭和三十二年十二月号には、幸田文が「『おとうと』のこと」と題し、十一月十一日に共立講堂で講演を行なうという予告が掲載されている。その講演の内容はわからない。重要なのは、その話された内容よりも聴衆の前に、まさに「げん」が姿を現れたことである。聴衆は中央公論社のプレゼンテイションに乗り、「げん」である幸田文を眼のあたりにして、『おとうと』の世界を確認するだろう。幸田文はこの役割をすすんで演じたと思われる。というのも、『おとうと』のテレビドラマ化、さらに映画化がなされた時、「げん」として振る舞っているからだ。

日本テレビは昭和三十三年六月に、「碧郎」役・津川雅彦、「げん」役・香川京子で「おとうと」をテレビドラマ化したのだが、「婦人画報」昭和三十三年八月号にはこの情報が「幸田文さんの涙」として報じられている。この記事は、入院直前の成豊と幸田文とが収まった構図そのままに、ドラマ上の姉弟、津川と香川が撮られた写真を併載している。俳優というフィクション世界を生きる住人がモデルになり切ることで、顕在化するいかがわしい演劇空間は、この瞬間、幸田文が提供した大正十四年撮影の一枚に包有された史的現実とクロスする。さらに、幸田文がフィクションと現実を接続するアマルガムの役割を演じる。なぜなら、この記事の書き手は、スタジオで撮影を見学していた幸田文があまりにも印象がなまなましいため、しばらくの間、当時を思い出して話をした、というエピソードを紹介しているからだ。

昭和三十五年、大映が『おとうと』を映画化するが、中央公論社はこの企画に便乗して「週刊公論」十月二十五日号で「〝おとうと〟の面影を追って」というグラビア特集を掲載している。それは「碧郎」役の川口浩と幸田文が『おとうと』ゆかりの場所を訪れたものである（本章の扉）。映画「おとうと」の世界を生きようとしている「碧郎」役の青年とツーショットで写真を撮られる意味に、この時の幸田文が気づいていなかったはずはない。写真の中の幸田文はいきいきしている。ほんの数ヶ月前、ドラマにリアリティーを吹き込んだ彼女は、嬉々として「げん」役の岸恵子と自分を二重写しにし、本物の自分がフェイクになる面白さを体験しながら、自分をフィクション化する言説空間へと踏み出しているのだ。幸田文という好箇のタレントを手にしたマスメディアは、それぞれの販売戦略のために連携しながら、『おとうと』をめぐる言説を展開していく。これはそうした中で生まれたクライマックス・シーンだったといえよう。

幸田文の側からこの現象を見るならば、彼女はマスメディアの要求する役割を引き受ける一方で、それによって露伴から自立するセルフイメージを強化させていったと考えられる。さらに新劇によって、『おとうと』が舞台化される際にも、「婦人公論」誌上のグラビア特集に付き合うことで、「げん」／幸田文を小説『おとうと』の世界で屹立させる。それは、彼女が『おとうと』というフィクションを操作して、幸田家の家族の中で露伴に代わる特権的な存在となったことを意味する。そもそも、それこそ幸田文が『おとうと』を書くコンセプトの一つだったろう。つまり、〈げん〉と〈碧郎〉を創造することで、露伴を中心とする家族風景から露伴もいる家族風景へ、と幸田家の物語を再編成することである。幸田文はそういう物語として『おとうと』を書き、みずからをメディア表象の対象としながら、露伴を普通名詞と化した「父」として語る主体となろうとしたのだろう。一連の映像を伴う表象は幸田文自体のフィクション化を浮き彫りをしているのだが、『おとうと』の販売戦略と連動していった時、これが幸田文と愛弟・成豊を中心する幸田家のドラマという読み取りへと回収されるのも、これまた必然だった。

ところで、映画「おとうと」のメガホンを取った市川崑はどのような作品に仕上げようとしていたのか。「朝日新聞」昭和三十五年九月十六日夕刊に、「幸田文の『おとうと』映画化」という記事が見える。朝日の記者は「二人のふれあいを通して、親子やきょうだい愛の奥にある『人間の孤独』を描き出そうというのが市川崑監督のねらいだ」と報じている。[*4] 市川は田中絹代扮する継母の中に、この家族内で他者にならざるを得なかった悲劇性を見出す。冷やかな日常を生きるしかなかった人物の孤独を焦点化することで、破綻した家族像を描いたこの映画は、すぐれた小説評（もっとも、幸田文はそういう物語を書こうとしてはいなかったのだが）たり得てもいる。

その映画と小説を比較すると、市川崑が『おとうと』のファースト・シーンと、「碧郎」の病気が再発するシーンを作り変えていることに気づく。映画のファースト・シーンはこうだった。

げん　機嫌直った？　これ持ってく。
碧郎　ちがうよ。ねえさんがかわいそうだからさ。
げん　なぜ？
碧郎　なぜでもさ。もうよせよ、追ってくるの。傘なんかいらないんだからさ。
げん　持っておいでったら。わたし番傘さして行くから。
碧郎　いやだあ、女の傘なんか、笑われるよ。

原作の「碧郎」は後を追いかけてくる姉を立ち止まって待ってはいない。姉に向かって笑いかけたなり、また追いつかれまいとして足早やに歩いていく。弟の笑顔を見た「げん」は機嫌が直りかけていると感じる。とともにかえって寂しくなり、橋を渡る群集の中で弟に追いつくのを諦めてしまう。映画はあたたかい姉弟の心の交流を表現していた。しかし、一方、小説『おとうと』の語り手はコミユニケーションの断絶を強調しているのだ。この小説ではファースト・シーンに象徴されるように、姉弟の心のズレが幾度となく語られていく。「げん」／追う者と、「碧郎」／離反する者というファースト・シーンが提示する姉弟像は、物語の進展とともに顕在化していく。そのクライマックスが「碧郎」の死であった。

＊

さて、市川崑は原作のストーリーを改変し、メディアミックスによって形成された『おとうと』の枠組を明確にした。このような経過を通じて、、この小説の評価が定まっていったわけだが、こうした読解に共通していることがある。それは小説『おとうと』で語られたことが、そっくり幸田文の実体験だと思い込んでいる点である。だが、テクストが表象する物語世界は幸田文の現実を乗りこえた地点を目指して構築されているのだ。

たとえば、そのような片鱗は次のような「父」の造型に現れている。「げん」は「碧郎」の体調に不審を持った「父」に頼まれて、弟を病院に連れていく。物語は「げん」の奔走ぶりを焦点化するため、一貫して「父」という普通名詞によって表象される露伴は、物語世界では影が薄い。「父」は「げん」に頼り切っている様子である。まさに入院に至るまでの「碧郎」の世話を「げん」一人が焼いていたわけで、語り手は「父がその病院の院長を、多少つながりもあつて噂を聞いて知つており、信用できると云った」と、わずかに「父」のなし得たのは、「げん」に病院に対する信頼感を与えることだったと、語り手は物語るのだ。『露伴全集』第三十九巻に、[*5]次のような書簡が収録されている。

病院之事御咄御願申上候処早速特使をもて御答を賜はり千万難有奉存候明日天気宜敷間に額田先生方へ伺はせ申候やう致し可申候　不取敢御富まで　草々頓首

手交のため発信の日付がなく、大正十五年《ママ》中に書かれたものと推定される賀古鶴所宛書簡は、露伴が成豊の病気入院に主体的にかかわっており、『病弱を転じて健康へ』[*6]という肺結核療養書を著わした額田豊の診断を仰ごうとしたことを伝えている。『おとうと』には額田豊が院長を務める額田病院の名は登場しない。だから、「父がその病気の院長を、多少つながりもあって噂を聞いて知っており、信用できると云った」病院、つまり「碧郎」が入院したのは杏雲堂病院と思い込みそうだ。だったら、「碧郎」が入院した後の様子が、「院長先生のことばは、杏雲堂の先生の診断をもっと細かく丁寧に話してくれたにひとしかった。」と語られるのはどうしてか。

『幸田文全集』第二十三巻収録の[*7]「年譜」には、青木玉の証言をもとに、大正十四年の項が次のように書かれている。「六月、成豊の体調が思わしくなく、近隣の山崎病院で診察を受け、進行した肺結核と診断される。麻布区三河台町の杏雲堂病院を紹介され入院する。」と——。露伴の書簡と『おとうと』は、年譜の記載に対する疑義を提示している。この小説の虚構性を指摘するつもりが、語られた事実の信憑性を裏付けることになってしまったが、幸田家の人までが誤りを犯しているのは、『おとうと』の語りに帰因している。額田病院[*8]の存在が消され（成豊が額田病院に入院したとすれば、転地療養は額田保養院[*9]に隣接する民家でなされた可能性がある）、杏雲堂病院をクローズアップする語りには、献身的に治療してくれたにもかかわらず、成豊が死亡してしまった事実を当の病院の名誉のために秘匿したのだろうか。

さて、『おとうと』の舞台となった向島は百花園などの名所があり、文人墨客が訪れる風雅の地であった。隅田川の西岸に位置するこの地を、語り手も都巷から離れた水と田園の織なす静閑な生活空間として表象している。たとえば、『おとうと』にこんなシーンがある。

「東京つてほんとうにしよつちゆう埃くさい臭ひがしてゐるところだと思はないかい、ねえさん。」

「あたしもさう思ふ。あんまり空気がどろつとしてゐるんで、どうかすると、ふつと吸ふ息をとめてみることがあるの。やつぱりいなかのはうが喉が軽いやうね。」

「げん」と「碧郎」の姉弟は語りの現在において、東京市小石川区表町六十六番地に住んでいる。大正十三年六月に市内へ転入してくるまで、二人は東京府南葛飾郡寺島村大字寺島一七三六番地[*10]に居住していた。

机上に大正六年十二月、大日本帝国陸地測量部が発行した「一万分一地図東京近傍二号『向嶋』」がある。この地図を拡げると、向島を南北から挟み込むように書き込まれた赤い彩色が視野に飛び込んでくる。それは南葛飾郡の田圃地帯を蚕食していく工場群である。江波戸昭著『東京の地域研究』[*11]には、東京の「宅地化の状況」（大正五年、昭和十年）が掲載されている。それによれば、向島の総面積に対する宅地率は、大正五年で二四・四%、昭和十年では五七・六%である。江波戸は大正九年次において、向島には第一次産業が比較的少なく、かなり都市化が進んでいたと分析している。

明治二十二年の市制施行当時、約百三十八万人だった東京の人口は、大正九年には二百三十三万人に達する。こうした急激な人口集中が市街地の過密化を起こし、都市の居住環境を悪化させる一方、市街地に隣接する一帯にも波及し、計画性を欠いた新市街地が生み出されていた。そんな大正八年、都市計画法が発布されるのだ。時事新報社編集刊行の『時事年鑑』大正七・八年版（大正七年九月刊）に掲載された「花暦」には、雪月花を賞美するトポスとして向島が明示されてはいる。しかし、このような状況下、風雅によって読み解かれてきた向島の景観が不変だったはずがない。大正七年に刊行された山口義三（孤剣）著『東都新繁昌記』[*12]には、隅田川一帯の現状が詳しく報告されている。「墨田川畔は今日正直の処、鐘紡や桜組や、日活や、其他諸会社の遠慮会釈なき営業振りに苦しめられ『香風吹風水晶村』は『煤煙霧霾工場』と化し（中略）、一時間内外の花見に、女は白いお召に黒点を印し、男は鼠色の疾を吐かねばならぬといふやうでは、本所の名所は向島の花ではない」と――。

こうしてみると、「げん」と「碧郎」が物語世界で語り合う向島は実体を反映していないようなのである。東京の煤煙に鋭く反応する姉弟の身体感覚は、やがて病に犯されることになる「碧郎」に肺の変調を伝えるシグナルであった。だが、「碧郎」はそれによって、おのれの身体を読むのではなく、東京の都市空間に対する異和を強く感受する。「碧郎」の問い掛けに相槌を打つ「げん」も、「碧郎」の抱いたこの異和感に反応し、共感しているのである。だから、この姉弟が寄り添いながら語る非在の「いなか」は、もはや回帰不能な向島に対する彼等の郷愁とパラレルである。この身体感覚の共有を確認することによって、二人は再び内面に沈んでいた「いなか」、すなわち姉弟同士の心象を織り込んだ原風景を探り当てるわけだ。だから、このシーンは乖離していた姉弟の心情が一体となる糸口を表象するとともに、柔かく通い始めた心情と裏腹に弟の死を予兆してもいるわけである。

幸田文は「げん」と「碧郎」を中心とするフィクション世界を構築するために、「父」／露伴の存在性を意図的に稀薄にしていた。そして、さらに二人が生きる物語空間を東京／いなかとしてデザインするのだ。この東京／いなかという枠組は『おとうと』の物語性と深くつながっているというのが筆者の見立てだが、それについてはのちに述べる。

3　隅田川河畔というトポス

成績があまり振わなかった「碧郎」は、四月から継母の尽力で入学した中学校[*13]に通学している。「げん」と「碧郎」は隅田川べりの十八町の道を歩き、吾妻橋を渡って市電に乗る。それが朝の日課であった。

翌日は上天気だつた。きやうだいは中よく連れだつて出かける。雨に洗はれた桜若葉はほのかにかぐはしい。げんは、きのふにひきかへてけふはい丶ことがありさうに思へて嬉しい。

このコンテクストは、「碧郎」が追いつこうとする「げん」を振り切って、群集に紛れるようにして橋向こうに消えていった翌日の朝について語っている。すがすがしい春の朝、桜若葉のかぐわしい香りが漂う隅田川べりの道を、「げん」は歩いている。語り手は「げん」の心情を焦点化しようとしているうちに、十代半ばの女性の視覚と嗅覚がキャッチしたものを叙述している。それは「げん」が隅田川河畔の景観を、風雅の地／いなかとして風景化したことを語っているだろう。このコンテクストを読んでいると、河沿いの道を、橋に向かって歩いているのは姉弟だけであるかのようだ。しかし、二人は勤務先や学校などに通う人々の中にいたことは、「ずつと見通す土手には点々と傘《からかさ》・洋傘《かうもり》が続いて、みな向うむきに行く。」という語りで明らかである。したがって、「げん」は昨日、「碧郎」を呑み込んでしまった群集を、意識的に視覚から排除することで、「天気がよくて空気が爽やかなら、それだけでもう十分に、けふのい丶ことを期待」し得た。それもこれも離反していた昨日と打って変わって、いつものように、「碧郎」と肩を並べて登校の道を歩いていたからである。「翌日は上天気だつた。きやうだいは中よく連れ立つて出かける。雨に洗はれた桜若葉はほのかにかぐはしい。げんは、きのふにひきかへてけふはい、ことがありさうに思へて嬉しい」のは、このためである。「げん」は歩行の同調性を背景にして、不快な昨日の記憶を話題にする。「きのふあんた橋のところでふりかへつて笑つたわね」で始まった姉弟の会話で、「げん」は期待通り、「姉は弟を、弟は姉をよく了解している」ことを確認し得た。ここのところをきちんと引用してみよう。市川崑がファーストシーンに作り変えた箇所である。

「きのふあんた橋のところでふりかへつて笑つたわね、あれどういふわけなの、機嫌がなほつた知らせなの？」

弟はちよつとてれた様子で云ふ。「さうじやないよ。ねえさんがかはいさうだつたんだよ。」

「なぜ？」

「なぜつて、とぼ〳〵してるみたいだつたからさ。」

「あら、あたしとぼ〳〵してゐた？」

「うん、さう思つたんだけど、後ろ向いてみたら汽車みたいにごおつて云つてた。」ちよこざいなことを云ふ碧郎である。汽車のやうだつたとは何事か。第一ねえさんがかはいさうとか、とぼ〳〵してゐるとか、よくも云へたものだ。とは云ふもの、姉は弟を、弟は姉をよく了解してゐることがこれで証明されたにひとしいのである。げんはその日一日、学校にゐて弟を思ひ出さなかつた。

けれどもうちへ帰つてみると変事が起きてゐた。

「げん」は昨日の「碧郎」の行為がショックだったのである。「もう機嫌はなほりかけてゐると察し、かへつて寂しく、げんはもう橋の人ごみのなかに弟を追はうとしなかつた」というシーンが、ずっと心から離れなかったのだろう。「かへつて寂しく」という表現は、このコンテクストの中で揺れ動いている。この心情は「げん」のものではあるが、「碧郎」の内奥をも語っているように思われる。姉弟が心の絆を確認し合わねばならないことほど悲しいことはない。異常といわねばなるまい。そんな二人の心の会話の場として、「げん」は河沿いの道を選んだ。だから、「げん」は弟とこの道を一緒に歩くのを楽しみとしている。

実はこの時の「げん」は弟に対する不安感を深めていた。「碧郎」はみずから起こした傷害事件につけ込まれて、「中田」を中心とする不良仲間にさせられてしまう。だんだん不良の色に染まっていくのを、「げん」は「碧郎」の言葉使いで察し、困りものだと眉をしかめているのだ。だが、通学途中の二人の会話は明るい。「げん」は弟の「下司ことば」に刺激されて、「黙れ、弟野郎の分際で。足が太いから歩くのがのろいなんて、ばか云ひやがつて」と弟に向かっていく。「碧郎」はそんな姉の口調に照れながら大喜びして、「うめえもんだ、さういふ調子だ。」と受け答えするのだが、「下司ことば」のキャッチボールは、河沿いの通学路を歩く途中で、必要な話をする習慣から生まれたものだった。

「げんと碧郎はよく、土手を通ふ道すがらきようだいに必要な話をする習慣がついてゐた」——。語り手は「きようだいに」と殊更強調しているように思われる。それは、姉弟としてなのか、姉弟であるためにの意味なのか。ともあれ、ここに他者の入り込む隙はない。語り手は濃密な関係性を、このトポスによって表象するのだ。

だが、「げん」が「碧郎」の万引を見咎めたのを切っ掛けにして、弟は一緒に通学しなくなる。翌年の二月、「碧郎」は物語の冒頭のように、「げん」に追いつかれまいとして、足早やに川沿いの道を歩いている。語り手は後ろを歩いて行く「げん」に寄り添いながら、冬の河畔を描いている。「同じ一人でもことしの一人は侘びしかつた。道は凍《い》てついてゐる。桜は裸でごつ〱してゐる。川は黙々と下《しも》へ下へと走りくだつてゐる。」——。これが単なる冬景色の描出ではないことは明らかであろう。寒々とした「げん」の心情と一体化しているのだし、それは四月の晴れた朝の心象風景がポジとすれば、ネガの関係にあるだろう。

一方の「碧郎」はどうであったのか。彼も同様であった。が、それも姉が自分の庇護者であるかぎりだ。「碧郎」の世界はだんだんと隅田川の対岸に向かって開かれ、そこで、より居心地のよい対他関係を形成していく。この東京という都市空間内で、「碧郎」は「げん」が当惑するほど急速に大人びていく。語り手は、「げん」の視点を通して変容する「碧郎」の姿を描写することになるのだが、そのシーンは、「中学校へ入つて第一の夏休みは妙な夏休みだつた。」というパラグラフから始まる。

引用したコンテクストは、「げん」に寄り添った語りなのであるが、ここで焦点化された時間は「碧郎」が体現したものである。「碧郎」が中学に進学した年の夏休みは妙な夏休みだった、と言い替えると、なんの変哲もない叙述になってしまう。そこで、さっきのパラグラフに戻ってみると、これが「妙な」夏休みに対応する奇妙な文章であることに気づくだろう。いったい、この「妙な」夏休みとは何か。まず、中学一年生の「碧郎」と不良仲間の交遊は、夏休みのために一時的に中止される。東京市内は「碧郎」にとって、まだヨタって遊ぶ場所ではなかったわけである。彼は「いなか」に安住して、かつての小学生仲間で、今では市内の別な学校に入学した友と遊ぶ。とたんに、弟はすっかり「四月まえのままの碧郎」に戻ってしまう。夏休みは短期間で別人のように変化していた弟を、「げん」にまざまざと印象づけた一ヶ月であったのだ。それは新学期が始まれば、再び変貌するにきまっている弟が、掛け替えのない肖像を「げん」に刻みつけた日々だったに違いない。一方、「げん」自身も、「妙な」夏休みを体験している。銀座の百貨店で万引きに間違えられたり、河向こうからやってきた継母の友人、「田沼さん」の言動がもとで、継母と諍いをしてしまうのだ。このように、隅田川が形成する人文地理的境界を、身体の内と外を区切る東京／いなかに置換することで、語り手は忘れがたい記憶に降り立っていくのだ。

4　「不良」の身体性／おとうと

さて、やはり夏休みが終わると、弟は姉の心配をよそに不良化していった。それとともに河沿いの親和的空間も変貌せざるを得なくなる。

この年の冬のことである。「碧郎」とおぼしい少年が仲間と一緒に本屋からあたふたと逃げていくシーンを、「げん」は市電の車窓から目撃する。万引をしたと直感した「げん」は、その夜、「碧郎」の部屋に入って、詰問するのだ。

自然と、「碧郎さん！」と改まつた口調が出た。声はひとりでに改まつた調子で出たので、そこまでげんが意識的で計算してやつたのぢやないのだ。が、無意識に出た声の調子が、そのあとの調子も改めさせてしまつた。それはいつもの友だちであるきやうだいではなくて、姉といふ一歩上の格にゐるものの態度をとらせた。

語り手は「げん」から発せられた無意識の言葉を、鋭く分析している。「碧郎さん！」という改まった口調の背後には、姉が弟との心的距離をどのように取るのか、という微妙な問題がからんでいる。「碧郎」は家庭内で、この口調が象徴する眼差しの中で暮らしていただろう。勿論、「げん」はそれを熟知している。だからこそ、「いつもの友だちであるきやうだい」を維持しようとしたのだ。しかし、語り手が繰り返し語っているように、「げん」は不良化していく「碧郎」に対する当惑と不安とを深めていた。それが「友だちであるきやうだい」と全く異質な「姉」という役割に目覚めさせたことも推察出来る。「碧郎」に対する危機感が、このような形で顕在化したわけである。

万引きという行為をめぐって、姉弟が議論をする場面がある。「げん」にとって、万引は紛れもなく犯罪なのだ。けれでも、「碧郎」はそれは大げさな決めつけ方だと思っている。自分はスリルのある遊びをやっている、だからわざわざ安いものを選んで盗んでいるんだ、という。

一見、この議論は万引行為をどのように定義するかをめぐって行われているようだが、真の問題は別にある。それは万引をさせてしまう弟の不良性である。『おとうと』のコンテクストは「碧郎」の不良性について、この時の「げん」のように批判していない。この物語の総体において、語り手は「碧郎」が体現している不良性を彼固有の問題としては表象していないのだ。「碧郎」と対決している「げん」は、自分が万引犯にされかかったことを忘れているが、語り手はこのテクストにおいて、姉弟の万引事件をパラレルに語ることで、後述するように大正期の都市空間に生きる少年像をフレーム・アップしようとするのだ。

無意識に「姉」の立場をにじませていた口調は、弟を犯罪者として咎めるものだった。「碧郎」はこの眼差しを関知するやいなや瞬時に、家族全体が自分を他者とする認識で覆われたと直感したに違いない。不良／犯罪というこの眼差しによって、これ以降、「碧郎」は姉となり果てた「げん」に対して、自分の身体性を閉ざしてしまう。語り手は「げん」が「碧郎」の不良を、弟の身体性として解読し得なかったことに気づいている。「げん」がこの真相を知り得たのは、弟の不良性が取り返しのきかなくなった後ではなかったか。弟の不良とは第1章で紹介した「碧郎」の心象風景であり、「げん」が「背骨はじと〳〵と湿《しめ》つてゐる……おもしろくなさ。」というように、身体性として読解したものである。それは結核へ収斂するのだが、おそらく、それは病床に臥す「碧郎」と看病する「げん」とが、再び

「土手を通う道すがらきやうだいに必要な話をする習慣」を獲得してからだったろう。この時まで、「げん」は両親とともに、こっそりツケでボートを乗り回したり、馬術用の道具を買って、土手道で乗馬をしたあげく事故を起こしてしまう「碧郎」の身体性を、家計を圧迫する無軌道な行為としか考えていない。

＊

『おとうと』の語りは万引事件を境にして、通学路を一緒に歩きながら会話する姉弟の習慣が消滅したことをクローズアップする。「碧郎」は姉から逃げるように歩いている。それとともに、彼はますます不良仲間との交友にのめり込んでいくのだ。やがて、隅田川河畔の道は「碧郎」の不良性を顕在化させるトポスとなってしまう。ある日、「げん」は下校途中の「碧郎」が不審な成人男性に纏わりつかれているのを目撃する。それは「スパッツ」と揶揄される刑事だが、なぜ「碧郎」がこんな状況に陥ったか。語り手は全く言及しない。『おとうと』という物語において、それは自分にとって都合の悪いことを喋らなくなった弟、この状況を理解する情報を持たない姉の関係性を映し出している。二人は相変らず仲の良い姉弟なのだが、実体はディスコミュニケーション状態にあったのである。後になって「げん」にストーカー行為を仕掛けることになる「スパッツ」は、「碧郎」の弱味を握っていたに違いない。彼もまた「碧郎」の悪行について、「げん」に喋っていない。ただただ不良の弟のことが心配な姉に、「碧郎」を餌にして接近しているだけである。「碧郎」に付き纏うようにして東京市内から向島に流れ込んで来た不埒な刑事、それを撃退しようとしてやって来た「碧郎」の不良仲間、そして隅田川でボートを漕ぐスポーツマン達——。河沿いの道は不良学生、「碧郎」をめぐる人物が徘徊する巷と化していく。つまり、「碧郎」たちによって、かつて姉弟の親和的空間だった隅田川河岸は、不良という身体性を表象するトポスへと変貌するのだ。といっても、全く陰惨なイメージはない。「スパッツ」をやっつけるために「碧郎」の仲間（ボート部の学生など）が仕掛けた作戦は、明るくてユーモラスである。他者を傷つける暴力性はけぶりもない。つまり、語り手は、「姉」としての「げん」と異なる「碧郎」達を表象しているのだ。そうすると、『おとうと』のコンテクストが、「友だち」ならぬ姉としての「げん」の眼差し（弟に向けた不良という眼差し）を問い返していることに気づくだろう。

ところで、隅田川河畔にどうして「スパッツ」のような刑事が流入して来たのか。『墨田誌考』[*14]に拠れば、警視庁管轄下の警察署が整理され、本所区は三之橋、吉岡の二署が廃止され、相生、太平、原庭、向島の四署となったのが大正二年六月。大正八年八月、この姉弟が暮していた寺島村に千住警察署寺島分署が新設された。大正五年に入り、第一次世界大戦がらみの事業拡大ブームに乗って、墨田川河畔に化学工業、鉄工、機械工業の工場が次々に新設され、そこに勤務する多数の低賃金労働者が居住するようになる。その結果、第一次産業を基盤とする安定した地域共同体が崩れ、警察権力による防犯システムの網がこの地に掛けられることになったのである。

太い川がながれてゐる。河に沿つて葉桜の土手が長く道をのべてゐる。（中略）ずつと見通す土手には点々と傘《からかさ》・洋傘《かうもり》が続いて、みな向うむきに行く。朝はまだ早く、通学の学生と勤め人が村から町へ向けて出かけて行くのである。

再び、『おとうと』の冒頭である。「げん」の視点から捉えられた早朝の隅田川河畔は、「町」へと向かう群集で混雑している。『時事年鑑』の『花暦』に記載された向島の葉桜、風雅というその記号性は、群集に中にあって「げん」だけが感受している。それはこの向島一帯が東京市の膨張のあおりで新開地になっていたにもかかわらず、姉弟が東京／いなかという二項対立で空間を読解しようとしたこととパラレルである。そして、東京／いなかとはそれぞれの空間が包有する人間関係のイメージとも深くつながっている。たとえば、市中の中学に通学して不良仲間に引き入れられた「碧郎」が、夏休みによって不良仲間との交友が休止となり、小学校時代の旧友との遊びが復活したシーンである。おそらく、「碧郎」自身はおのれの変化に気づいていない。「四月前のままの碧郎」を発見して驚いたのは、「げん」だけだったかもしれない。その彼女は「碧郎」の二つの顔の中にある東京／いなかを見出しているのだ。

「げん」は雨中の通学路を足早やに歩いて、「碧郎」に追いつこうとする。「碧郎」は追いつかれまいとして逃げる。「げん」は結局、群集の一人として町中に消えていく弟を見送るしかなかったわけだが、「げん」が逃げる「碧郎」を追っかけたのは、ずぶ濡れになって歩いて行くのがかわいそうだっただけではない。中学校のクラスメイトに傘のないのを見咎められて、「くだらない憎まれ口なんか利かなければいい、が、たちの悪いからかわれかたをされたらあはれ」だと思ったからである。「げん」は女学校での実体験を脳裏に描き、かつての不愉快な記憶を身体に蘇らせつつ、歩行を早めていたわけだ。

「碧郎」はたちの悪いからかいをしたクラスメイトに傷害を与えてしまう。鉄棒で遊んでいたそのクラスメイトの方に向かつて走っていた時、背後から何者かに押される。その弾みで「碧郎」は鉄棒で遊んでいた彼と激突、鉄棒から落下したクラスメイトは腕を骨折してしまう。これが「碧郎」がいわゆる不良へと転落していくきっかけとなるのだが、「碧郎」にとってみれば、怪我をさせた動機は怪我した親子と学校によってでっち上げられたものだった。そのせいで彼は継母に伴われて警察に出頭する。そして説諭どころか相手の言い分を飲まされて、停学処分をうけてしまう。クラス内で孤立する「碧郎」の心理を見透かすように、「中田」ら不良グループが近づいてくる。そして「碧郎」は彼等に暴力で屈服させられる。悪意の連鎖によって不良仲間になった「碧郎」は、憂さ晴らしに仲間と組んで万引を楽しむようになってしまうのだが、このような事態は彼のみに起きたのではない。

『おとうと』のコンテクストは、この姉弟の万引事件をクローズアップし、連続する万引事件の内実を明らかにしている。万引犯に間違えられて、ひどい取り調べを受ける「げん」の現状が暴かれる。買物を物色して、百貨店内を歩き回っていた「げん」は犯罪を摘発しようとする刑事の監視下にあった（テクストは直接的には語っていないが、店内には万引をしようと物色する少年の姿や、第一次世界大戦後に頻発した少年犯罪の存在を暗示している。）。「げん」は悪意のこもったこの視線に全く気づいていない。それに気づくのは、刑事に取り押さえられてからである。その時、「げん」は群集の好奇の視線をまともに浴びる。刑事と店員に連行されて別室に入った「げん」は、刑事の侮蔑に満ちた取り調べに会うのだが、彼女の無実が明白になった時、彼等は用済みになった少女を、一言の詫びも言わずに放り出す。ここで東京市内からずっと「碧郎」を付け回し、向島界隈に流入して来た「スパッツ」のことを思い起こしてみたい。そうすると、『おとうと』の語り手は、この姉弟が警察の監視の下で日常生活を過ごしていた、と語っていたことになる。それはとりもなおさず二人が大正期の少年少女だったからにほかならないからだ。

「不良少年問題ハ労働問題或ハ思想問題ト共ニ現今世界ニ於ケル文明国ノ重要問題タルコトハ吾々呶々スルヲ要セサル所ニテ」という文脈から始まる白井勇松著『少年犯罪の研究』が巌松堂書店より刊行されたのは、大正十四年五月のことである。白井は社会問題の中で不良少年問題が最重要だという認識の下に立って、多岐にわたる分析を行っているが、それは東京が抱えていた住環境の悪化とパラレルなのである。元朝日新聞記者・栃内吉胤は『環境より観たる都市問題の研究』[*15]で、「都市」と「田舎」とを対立する住環境として捉え、特に前者が児童に与える悪影響を詳述している。第一次世界大戦後の日本の都市において、少年少女の身体及び精神的病いが看過し得ぬ問題として浮上していたのだ。

さて、彼等の精神的病いとは犯罪行為を引き起こす不良性であった。一方の身体的病いとは肺結核であった。結核予防法が発布された大正八年の翌年、「碧郎」は東京市京橋区内の中学校に入学している。彼は、ここで待ち構えていた悪意のために、不良へと転落した。そして、これに加えて、「げん」をも含む家族の困惑しきった視線が彼の不良性を加速させる。そんな「碧郎」が出会ったのはカレッジ・スポーツである。隅田川河畔はボートを中心するカレッジ・スポーツのトポスだった。彼はここでスカールやボート、乗馬にうつつを抜かす。それは鬱屈した内面を解放する身体表現だったろうが、西山卯三は『大正の中学生　回想・大阪府立第十三中学校の日々』[*16]で、「スポーツは中学生の楽しい大事な生活だ。」と述べているが、「碧郎」はまさにこのような時空を生きていたわけである。彼の結核が野球観戦中に再発した背景には、精神的なストレスを紛らせるスポーツに対する強い関心があったのだ。

「げん」の家族は大正大震災後、東京市小石川区内に移った。山口義三の『東都新繁昌記』に拠れば、小石川は「此の『学者町』も水流を利用していまや『工場町』たらんとし、本所深川と同じく東京の『労働』を説明したる処たるべき傾向をしめしてゐる。」トポスであった。ここは砲兵工廠などが排出する煤煙の巷だった。「碧郎」が結核を発症したのはこの地である。

福田真人の『結核という文化』[*17]は、文学や美術がこの病気を美人や天才の表象として描いたと記述しているが、『おとうと』の語り手はそうではない。大阪府立修徳館長・武田慎治郎は「不良少年となるのは[*18]」で「児童の不良性といふものは宛も肺病患者の如きもの」と論じたが、このテクストはまさに、武田が発信した大正時代という言説空間において読解されるべきだろう。つまり、「碧郎」が罹患した結核は「不良」の表象であり、平仮名表記のタイトル「おとうと」とはまさに、このような大正時代の身体性を生きる少年にほかなるまい。

注

＊1　「婦人画報」昭和三十三年八月号に掲載。
＊2　「夕刊毎日新聞」昭和二十五年四月七日に掲載。
＊3　「婦人公論」昭和三十二年十二月号に掲載。
＊4　露伴の後妻、八代のこと。
＊5　昭和三十一年十二月、岩波書店刊。
＊6　大正八年十一月、艸文堂・大坂屋号書店より刊行。大正十年一月に第五版が出ている。
＊7　一九九七年二月、岩波書店刊。
＊8　『東京横浜職業別電話名簿』大正十四年版（大正十四年一月、弘益社刊）に拠れば、額田病院の住所は麻布区三河台十六、杏雲堂病院は神田区駿河台である。
＊9　神奈川県鎌倉町松葉ヶ谷に大正九年十一月に創立された。案内に「交通至便ナルニ拘ラズ付近ニ樹木多クシテ空気清浄頗ル閑静ノ地ナリ。」「レントゲン装置、人工高空太陽燈、戸外横臥所、其他設備ス」とある。
＊10　大正十二年四月一日、寺島村は町制に移行。
＊11　昭和六十二年三月、大明堂刊。
＊12　大正七年五月、文武堂・京華堂書店刊。
＊13　モデルは京橋区明石町にあった立教中学校。退学になった「碧郎」が編入した仏教系中学校は、東京市編集発行の『東京学校案内』に記載がない。

＊14　昭和五十年三月、墨田区役所刊。
＊15　大正十一年四月、東京刊行社刊。
＊16　平成四年七月、筑摩書房刊。
＊17　平成十三年十一月、中央公論新社刊。
＊18　「救済研究」大正四年発行。

第五章

暮しの情報発信者、というセルフイメージ

『番茶菓子』が表象するもの

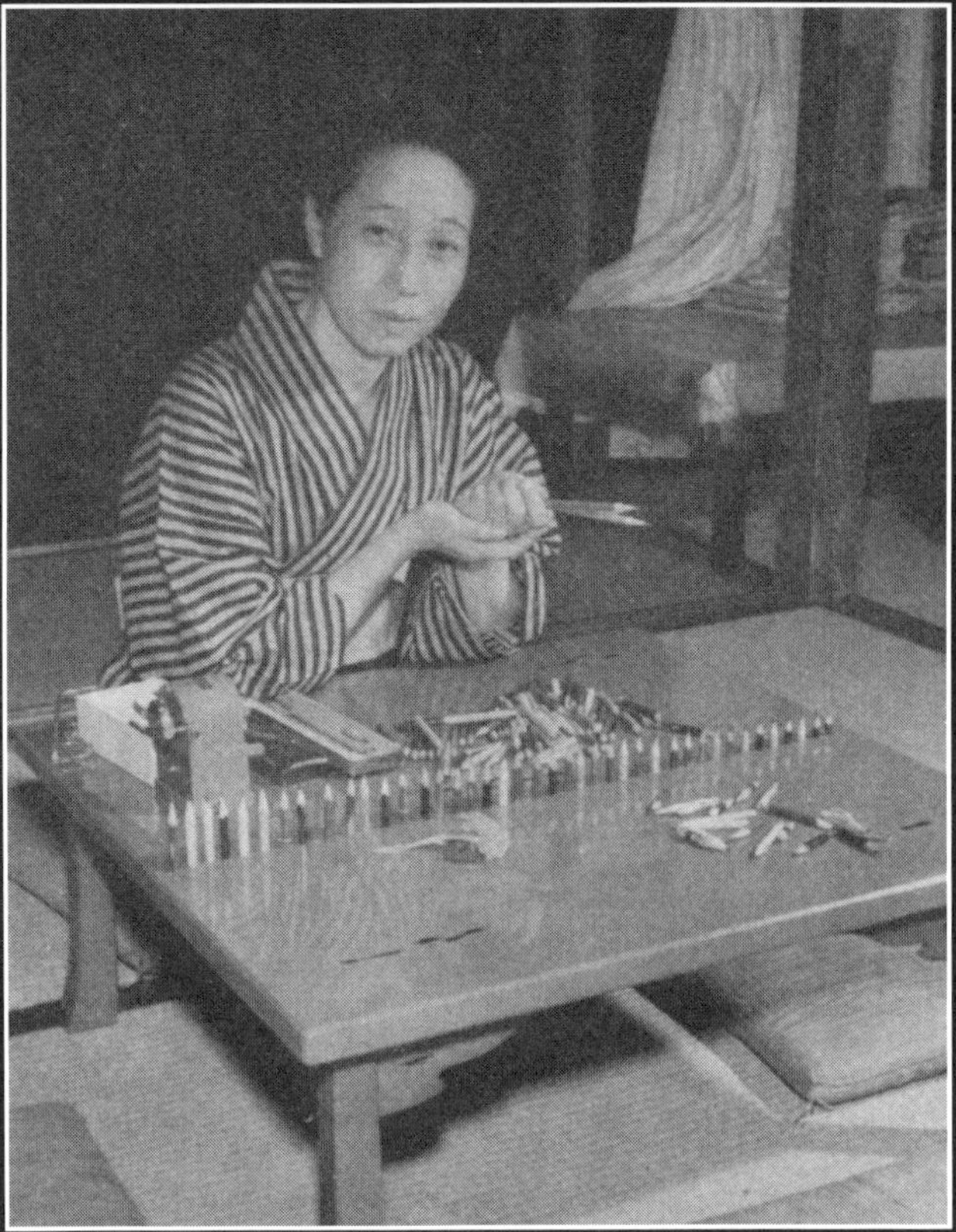

〈わが家のごじまん〉を問われて（幸田文全集月報中央公論社より）

1　はじめに

東京創元社が昭和三十三年四月三十日発行、と明記した一冊の本を刊行した。奥付の記載に拠れば、それは六月二十日に五版が印刷されるほどの人気を得ていた。そこで「東京新聞」昭和三十三年四月二十九日朝刊を見ると、次のような広告が載っている。

　女の身のまわりの様々を、澄んだ眼で観察、豊かな文藻に託す絶妙の随筆集。四季の花、きもの、おしゃれ、掃除、人と人とのつながり……古典感覚を現代に生かす著者の本領を示す傑作／華麗な造本美・瀟洒豪華本斬新なナイロン装本は著者のアイディアです。珠玉の内容にふさわしい愛蔵本として話題になっています。／5月2日発売

この広告記事で、『番茶菓子』の発売日が五月二日だったことがわかる。先に五刷の情報を出しておいたが、東京創元社が「週刊読書人」昭和三十三年七月七日号へ出した広告「東京創元社　六月の重版」には、「6版　番茶菓子」という活字が見える。このような売れ方は、いわゆる「随筆集」としては異例である。幸田文の最初の刊本『父――その死――』[*1]の二刷発行はきっかり一ヶ月後、『こんなこと』[*2]の五刷は半年後である。そして、『みそつかす』[*3]の五刷は昭和二十九年七月、『包む』[*4]の六刷は昭

和三十二年四月の発行であった。ちなみに彼女の作家的地位を不動のものにした小説『流れる』[*5]は、半月後の三月十五日に二刷が発行されている。そして、『おとうと』[*6]の五刷広告が出たのは「朝日新聞」十一月二十五日朝刊紙上であった。

出版社によって一回ごとの刷数は異なるだろうが、幸田文本の出版情報を整理してみると、『番茶菓子』がいかに人気商品だったかが鮮明になってくる。なぜ、この単行本がヒットしたのか。

まず、この本を売り出すための戦略として、造本にも幸田文が深く関与したという情報操作をしたことである。「斬新なナイロン装本は著者のアイディアです。」という広告の惹句がそれであるが、ここには新しい科学用品に対しても眼を開いている／日本の美しい伝統をも体現しているという幸田文のイメージが織り込まれていよう。このイメージは「古典感覚を現代に生かす著者」として、作品の内容をも裏打ちするものになるのだ。本作りのコンセプトには、おそらく彼女のプロデューサーであった塩谷賛のアイディアが投入されていただろう。その例証となるのは、『番茶菓子』の巻末に載っている「表紙意匠著者／編輯塩谷賛／写真塩澤邦一」という記録である。先回りしてコメントしておくと、目次立て、つまり章立て及び作品の配列などの編集だけをとっても、幸田文の新たなセルフイメージを見事に表象しているのだ。

ところで、従来の常識では、本の制作は出版社内部の仕事であったはずである。塩谷自身もそのことは了解していたと見え、彼の名前が幸田文の単行本（文庫本や私家版『〈流れる〉おぼえがき』などは除く）に記載されることはなかった。そこで、「表紙意匠著者／編輯塩谷賛／写真塩澤邦一」という情報の出し方であるが、この中で誰が本作りを主導したかは明白である。このチーム（幸田工房）で本作りの一切をやって、「一冊丸ごと幸田文」をアピールしようと、塩谷が企んだのだろう。

このような本作りに対する推察が可能なのは、第一次幸田文ブームが昭和三十三年にピークに達していたからである。この年の七月、中央公論社は『幸田文全集』の第一回配本を発売しているが、『番茶菓子』の刊行作業はこれと同時に進行していたのだ。後で考察するが、この『番茶菓子』と全集の第一回配本の内容はシンクロしていて興味深いのであるが、わずか十年あまりのキャリアしかない「女流」作家の全集を企画し実行するほどの熱気が、当年の彼女の周囲に渦巻いていたわけであり、このような状況下で醸成された自信が幸田工房のプロデュースを強調する企画に繋がり、東京創元社はそれに便乗する形で本作りと営業を展開していくのだ。

2　表象される幸田文のセルフイメージ

では、幸田文と塩谷賛、そして塩澤邦一が三位一体となって練り上げた造本の世界は、どのようなものであったのだろうか（図1）。

本の体裁は縦二十センチ×横十三・五センチのビニール装で、ボール紙製の函（天地がそれぞれ三ヶ所、ホッチキスで止められている。）で、表側に木立の多い公園を散歩する幸田文のカラー写真（縦横十三・五センチの正方形）が刷り込まれている。下部の六・五センチのスペースは「幸田文／番茶菓子／東京創元社」の文字が褐色の地に横組三段で白抜きされている。函の裏側の上部が縦六・五センチ×横十三・五センチの白色。ここに墨で目次が刷られている。目次は「花の小品」、「夏の小品」、「きものの小品」、「きものの四季」、「秋の小品」、「冬の小ばなし」、「春の小品」、「たべものの四季」、「おしゃれの四季」、「新年三題」、「一日一題」である。残りのスペースは褐色で彩られている。このような本体には白色の帯が巻かれ、本体の表の下部を包む部位には「幸田文／番茶菓子／東京創元社」の文字が刷り込まれている。裏側は帯の中央に横組で「表紙は著者の意匠による、初めてのナイロン装」と墨で刷られている。何気ないところにも、白色の帯を交えることで、褐色と白の配色の妙を演出しているのである。こうした幸田文の細やかな色彩感覚とともに、大胆な肖像写真と横組のコピーが、広告宣伝の場で活用されたのだ。

図1　『番茶菓子』の意匠（函）

　このような装本と広告がマッチして、『番茶菓子』は読者の関心を引きつけた。まず、「毎日新聞」昭和三十三年五月二十一日朝刊に載った「読者の新刊短評」を紹介しよう。福島県在住の佐藤恭子は短評の冒頭に、「表紙意匠も著者の手によったとか、渋味のあるしっとりした装丁も、チャキチャキの江戸っ子といわれる著者の好みの現われか。」と記している。

では、『番茶菓子』が実際に書店の棚に並んだ時を想定してみよう。まず、ふらふらと店内をうろつきながら、お気に入りの本を探している客にとって、カラーの肖像写真を刷り込んだ本がどれよりも新鮮だった違いない。前代未聞とまではいわないが、今見てもド派手な趣向なのだから。十三・五センチ四方のカラー写真は次のような構図である。

中央のやや斜めには広葉樹が緩やかに下っている土の道に沿って繁り、道端の草は奇麗に刈り込まれている。紺の縞柄の着物を着た幸田文は、手を前で組み、心持ち顔を右に傾けて緩やかなスロープを手前に向かって下りてくる。ざっと、カラー写真とはこんな構図である。この肖像写真に出会った人は、自分の方に向かって、あたかも写真の中の幸田文が歩いてくるような錯覚を抱くのではないか。塩澤の撮影した写真はまず、読みたい本を求めて書店に来た者に、鮮烈なファーストインプレッションを与えるために使われた。

*

実は『番茶菓子』には新聞メディアの広告に活用されたもう一枚の肖像写真がある。それはアート紙に焼きつけられたモノクロ写真で、本の奥付頁の直前にある。買うか買わないかは別にして、ともかく手に取って本を開かなければ、見ることは出来ない写真なのだ。

本が店頭に並んだ後、編集者はどのような広告宣伝活動を展開したか。このことに話題を移そう。昭和三十三年五月五日に「朝日新聞」の朝刊と「週刊読書人」にほぼ同じ広告が掲載された。そこには『番茶菓子』に挿入した肖像写真が使われている。表紙と同じ服装をした立ち姿の全身像である。ここから、窺える広告戦略は写真を駆使した幸田文のブランド作りである。紙面の中の幸田文は読者と正対するように工夫されている。『番茶菓子』で見ると、この写真には幸田文を中心に据えた構図に背景の丘や人物が写り込んでいて、この中では、彼女が高みにいて読者を見下ろしているような印象を受ける。新聞に掲載された同じ写真では背景がカットされ、広告スペース内の写真を下方に配置する工夫が見られるのだ。その結果、画像の幸田文は新聞の読者と正対する。彼女が正対した読者に向かって、ほほえみかけているという演出が生み出されている（一方、高見に立った幸田文のイメージ表象は、本を読み終わった読者に対して、「暮しの達人」を印象づける狙いがあったと思われる）。

図2　「週刊読書人」昭和三十三年五月五日号

写真を用いたイメージ作りを確認したところで、今度は活字を使った幸田文と『番茶菓子』宣伝の実態に迫ってみよう。「朝日新聞」紙上の広告文は、次の通りである。「たべもの、きもの、人づきあい、そういう女の身の周りをみつめ愈々円熟の文藻に託す60《（ママ）》章。若い読者たちも、著者の生活感覚の新鮮さに目をみはっている。／著者のアイディアによる、斬新なナイロン装本」——。

続いて、「読売新聞」の五月五日朝刊に掲載された広告文を紹介する。「暮しのもろもろについて些事もゆるがせにしない著者の生き方がにじみ出たみごとな本です。よき時代のよき日本人の生活感覚が、こんなに新鮮なものなのかと、若い読者も目をみはっています」——。ゴシック活字で、『番茶菓子』の目次とともに「出版界のベテランがアッと驚いた、気品の高いナイロン装本は著者の独創、箱のカラーフォトも評判です」という惹句が躍っている。

新聞紙面に映し出された幸田文の全身像は、活字が織り出すイメージによって意味づけられ、読者の解釈を待ち受けている。そこでだが、これまで新聞及び雑誌メディアで発信してきた幸田文のセルフイメージは、文豪の娘であり、露伴の躾によって日本の美質を体現する才女であった。そして自分探しの旅の果てに、書き手としてのアイデンティティを手に入れた作家であった。『番茶菓子』の広告戦略でも、後者が基盤にあることは間違いないのだ。だが、二つの広告文にはこれまでとは異なる情報が入れられている。まず第一に、このテクストのキー・ワードが「暮し」、「生活感覚」だということ。ということは、今まさに読者に向けて発信している『番茶菓子』は、単なる文学作品ではないのだ。それは第二の若者をターゲットにした「若い読者も目をみはっています」というコピーと連動しているのだ。

『番茶菓子』に収録された「掃除」[*8]に、この広告の意図を読み解く手掛かりがある。第十章「おしゃれの四季」の冒頭に置かれた「掃除」を紹介しよう。

掃除とは、教へず訊かずにそれで進歩するものなのでせうか。低劣な掃除、中途半端な掃除をくりかへしたこの十年の生活といふものが、現役の主婦たちにどんな習慣を浸みこませてゐるか、次代の主婦たるべき若い娘たちにどんな掃除観をもたせたかが窺はれるとおもひます。
けれども私はかういふブランクに悲観も失望もしてゐません。何でも伝統には、頼りになる面と厄介な面とが必ずあります。日本式掃除の伝統といふべきものの存在がはつきりしなくなり、新しいものもいまだ形づくつてゐない現在のやうな状態は、そんなにたび〲簡単に遭遇できるものではないやうです。かういふブランクのなかに、私はかへつてい、もの、新しいものが芽ばえてくるはずだと期待してゐるのです。

いささか引用が長くなったが、このコンテクストから幸田文の「生活感覚」、さらにそれによって立ち上げられる「暮し」を読み解いてみたい。このテクストは、彼女がディズニー映画の「シンデレラ」を観賞に行った体験から語り出される。アニメの世界に引き込まれていた幸田文だったが、シンデレラが床の拭き掃除をするシーンのところに来て、その楽しさが嫌悪に変わってしまう。それは「床掃除のシヤボン玉の場面があつて、それは画も色もみごとなもの」だったので、観客が一様に感心したのだ、という。幸田文も感嘆したのだが、一方で掃除の仕方がいかにもきたならしい、気味が悪いという「感覚的ないやさをもたされた」。床を洗った汚水でびしょびしょになったところに、平然と座り込んでいるシンデレラの生理感覚が我慢ならなかったのだ。

幸田文は掃除を通じて、西欧と日本の優劣を論じてはいない。西欧の掃除一般に照らしながら、戦中戦後の日本人の「暮し」へと眼を向けているのである。それは、来るべき「真空掃除器」時代に対応する日本式掃除の新しい理念や技術の構築に繋がっている。この時、露伴から掃除の仕方を叩き込まれた体験は、特権化されていない。幸田文は「あとみよそわか」に描いた家事教育が、電化の時代には役立たないことを承知しているからである。平成の幸田文ブームの時、愚かしくもテレビメディアが、青木玉に露伴から伝わった幸田家の掃除を実演させたことがあった。いわずもがなだが、幸田文の娘は電気の力を使って、日々の家事をこなしているのだ。メディア側が産み出すフィクションと共犯関係を結び、その役割を演じているから、「文学の家」は実在しているわけだが、だからといって生動する昭和三十年代以降の時代層に眼を凝らしていた幸田工房は、こんなアナクロニズムに実体を与えようとしていたのではない。

まず幸田文は日本の戦前と戦中戦後のギャップが、女性の家事のスキルや家事観に投影していることを鋭く突く。掃除に的を絞って、家事がなおざりにされている現状をあぶり出し、暮しの貧困を焦点化していくのだ。「もはや戦後ではない」という経済白書が提出される二年前に書かれたこのテクストは、戦後の日本経済が成長期に入り、その気運に乗ってやがて到来する家庭の電化時代や洋風のライフスタイルを見据えている。幸田文が暮しの貧困を持ち出したのは、このタイミングであった。経済が豊かになるとともに、家庭の貧困は解消されるのだから、彼女が指摘した問題は遠からず解消されるに違いない。だが、それは貨幣の代価が家庭の中に蓄積される意味においてである。そこで、モノを「暮し」の創造へと昇華していくパラダイムが要請されなければならない。中年主婦と若い女性との間に横たわるギャップを覗き込みながら、幸田文はここに架けるべき橋を設計するのだ。

幸田文は、『番茶菓子』において、このための情報を発信する。その時、従来の女性に課せられた労働という家事観は更新され、「おしゃれ」へと読み替えられるのだ。『番茶菓子』の第十章「おしゃれの四季」はこのコンセプトを如実に現わしている。オシャレといえば、身体を装うファッションのことを想像するだろうし、この章に収められている作品の多くは和服にまつわる話題である。だが、語りの本筋は着物ではない。

「信号」という作品は、貧困にあえいでいる「私」の家に、今は大阪に住んでいる友人が訪ねてくる物語である。この友人は「もとからおしゃれで、い丶もの好きで、身を装ふといふことにかけては一級づばぬけてみごと」だった。だが、それが過度なため、「私」も含めて、周囲から嫌われていた。そんな旧友だから、訪ねてくれるのはうれしい反面、彼女の豊かさと自分の貧しさが身に滲みる思いがあって迷惑でもあったのだ。ところが、「私」の目の前に現われた友人は、見覚えのある普段着の古い仕立て返しをさりげなく着ていた。この人は、「私」の今の境遇を聞き、心配をしていた。そのような気持が着ていく着物の選択に表われたのだと、「私」は知る。友人の言葉をこのように語っているのだ。「人間ですもの、離れてゐるあいだにはお互にいろ〳〵と気もちは変つてくることもあるし、そんなとき著物なんてものが、かへつて率直にもとのなつかしさを早くよみがへらせるからと思つて、」――。「私」は相手を気遣う友人に心の成長を感得し、このような着物の選び方こそ「おしゃれ」だと語るのだ。

衣服について書かれた文章、たとえば森田たまのものなどは自分の好みや、名店情報、流行情報がモチーフとなっている。これはこれで、有名人のファッションセンスが窺われて、楽しい読み物なのに違いない。

だが、もしこのようなファッション情報を摑みたいと考えて『番茶菓子』を買おうとするのならば、やめたほうがいい。身繕いは着飾るためのものではなく、出合う相手のためであること。だから「おしゃれ」とはこれをさりげなく振る舞える暮しの知恵（幸田文は「意気」と表現している）である。「信号」はこんな「おしゃれ」を表象しているからである。つまり、この本のコンセプトは幸田文ワールドではあるが、彼女の好みや目新しい情報をアウトプットするものではない。

「おしゃれ」／暮しの知恵という切り口によって、布団拵えも捉え直される。第十章の八番目に置かれた「はつたん」には、嫁入り道具の布団選びが語られている。「私」の失敗談である。昭和初年代、嫁入りに持って行く寝具といえば、「八端」というのが常識だったという。そこで、この布団をよく考えもしないで注文した。式や新婚旅行が終わって落ちつくと、身のまわりのことに気が回るようになってきた。実の親達がどんな布団で寝ていたかと――。そして、結婚に浮かれた自分が、身に不相応なものを拵えてもらったという失敗に気づく。親に負担を掛けないという心遣いに欠ける、つまり「おしゃれ」ではなかったというのだ。

掃除といい布団選びといい、これらはいわゆる「おしゃれ」の範疇には属さないものである。四十過ぎまで家事をし通してきた幸田文は、この女の仕事に通暁していたわけだが、昭和三十年代を睨みつつ、彼女が家事を労働という通念から解き放って、家事／「おしゃれ」としてプレゼンテイションしたのだ。

＊

こうした家事におけるパラダイムチェンジが、なぜなされたのか。幸田文が『流れる』の成功によって築いたセルフイメージと関わっている問題である。

五月、『流れる』で第十三回芸術院賞受賞、九月にはベストセラー小説『おとうと』を刊行というように、昭和三十二年は作家・幸田文の名前が広く表象された一年だった。この年の六月十八日付けの「朝日新聞」夕刊第一面に、興味深い記事が掲載された。コラム「好きなもの」の第三回目、「台所の仕事　幸田文さん」である。清水崑が整理したインタビュー記事は、「あんなにいやだつた台所のことが、矢張り一ばん好きだつたんだな、このごろつくづく思う。」から始まる。ここで、幸田文が伝えようとしているのは書くことへの不安と、文筆に専念していて台所仕事のスキルが低下したことである。一家を養う女性の書き手にとって、書くことと家事は到底両立しがたい。だから、家事全般は娘の玉や女中に委ねていたわけである。家事が好きだといったところで主婦になるわけでも、なれるわけでもない。物書きだからこそ表象される大新聞メディアに、わざわざイレギュラーな情報をアウトプットしようとした背景に何があったのだろう。

それは幸田文という書き手のアイデンティティとかかわっているだろう。周知のように、彼女が自力で生きる方途を求めた時、その職業は女中だった。だから幸田文にとって家事こそが自分を活かせる労働の根幹的なイメージだったわけである。このようなイメージを鏡として、書くという労働の行く末を瞶めているのだ。

だが、そればかりではない。書くことと家事が一体となった表現者というイメージを、大新聞を通じて表象しようとしたらしいのだ。著作年譜を見ると、書くことと家事が結びついた創作活動が昭和三十二年から本格化している。それは「婦人画報」に連載された「暮していること」（一月から十二月まで連載）である。さらに興味深いのは、幸田文が中央公論社版『幸田文全集』第六巻（第一回配本）に、これを「流れる」と抱き合わせて収録していることだ。

この全集のコンセプトは作家というセルフイメージを立ち上げることに成功した彼女が、ベストセラー小説を主軸にしてフィクショナルな小説空間の語り手としての幸田文を、まず演出する。そして、同時に「くらしてゐること」（全集の表記）をプレゼンテイションすることによって、書くことと家事を体現した新しいセルフイメージの誕生を告げることである。

3 『番茶菓子』の作品世界

さて、『番茶菓子』という作品集が片鱗を見せ始めたのは、昭和三十二年五月である。連載中の「暮していること」のかわりに、「花の小品」が掲載されている。続いて翌月号には「夏の小品」、七月号に「きものの小品」が載せられた。ここから判明するのは、花や夏、そしてきものというタイトルで集められた作品群が、「暮していること」のコンセプトと同一であったことである。それは、すなわち『番茶菓子』と『幸田文全集』第六巻との相関性を示しているのだ。だからなのだろう、第六巻の月報に掲載された「編纂だより」は、『番茶菓子』の広告文によく似ているのだ。

「戦後の社会に必要にして十分な条件を備えた知性美の典型、幸田文の出現」、「それは女性全体の自由であると同時に伝統であり、伝統であると同時に近代感覚につながるものであり、すなわち近代感覚とは自覚した女性の生活の感覚のなかから生まれるものである」――。

ここで中央公論社が打ち出した幸田文のイメージは、日本の戦後社会が辿ってきた道程と彼女の歩みとをクロスさせることで構築されている。昭和二十二年十一月、「葬送の記――臨終の父露伴――」

が「中央公論」に掲載されて以来、幸田文とこの出版メディアとのかかわりは深い。良かれ悪しかれ、彼女は中央公論社が敷いたイメージ戦略に寄り添いながら、創作活動をしてきた。戦後日本のメディアが文化国家の象徴として露伴をクローズアップする中で、彼女は露伴の語り部として、マスメディアに登場した。幸田文の出発は時代のうねりと密接に繋がっていたわけであるが、彼女の文学性は露伴の表象という枠組において、評価がなされることになる。このような焦点の当てられ方は終生ついて回ったわけだが、幸田文が取材を通して書く、言い替えればモチーフを生動する外部世界に求めることを選択した時、否応なく彼女の存在性は今という時間に規定されざるを得ないだろう。昭和三十年代以降の幸田文は、たとえば高度経済成長を支えた男の群像を描いたルポルタージュ「男」*9のように、時々刻々と変化する時代世相の渦中に身を置いていたのだから。

すなわち、昭和三十年代の幸田文は時代の空気を読み、そして時代のメディアと不即不離なポジションに位置しつつ存在した表現者だったといっていい。その幸田文が、というのは正確ではない。塩谷賛（土橋利彦）とのコンビで、と言っておこう。彼等が読み解いた時代層は、専業主婦の顕在化である。「暮しの手帖」に代表される「暮し」の雑誌が創刊され、核家族の主婦向けに生活情報を発信するという状況が生まれた。幸田文の連載随筆「暮していること」は、これに即応した仕事だったのだし、なによりも『番茶菓子』と『幸田文全集』第六巻こそ、時代の潮流に焦点を合わせた企画だったのだ。

そこで、「暮し」のメディアがどのような誌面作りをしたかを確認しておこう。まず、「暮しの手帖」昭和三十三年五月発行の目次には、「暮し／すまい・台所／料理／服飾・手芸／買物／こども／健康／

あれこれ／本・芸術／随筆」といった柱が立てられている。これらが目指したのは「どれか一つ二つは／すぐ今月　あなたの暮しに役立ち、／せめて　どれか　もう一つ二つは」、「こころの底ふかく沈んで／いつか　あなたの暮し方を変えてしまう」ことであった。

次に昭和三十三年三月に創刊された「家庭画報」を見てみよう。目次立ては「特集一年生／その人に聞く（火星の土地分譲人？）／こんな暮し（高校生の世帯主）／動物独白集／日本版グッドハウスキーピング／実用特集／台所メモ／衣料の話／買物案内／すまいに関する特集／デラックスハウスキーピング／特別読み物（テレビ）」である。この雑誌のコンセプトは「役に立つ画報」[*10]である。

これら後発の主婦向け雑誌は、戦前から刊行されている「主婦の友」や「婦人画報」との差別化を図るため、商品テストで象徴されるように、掲載内容を暮しの実用情報に特化した。そのため娯楽芸能や、連載小説、ゴシップ、人生相談などをカットしているのだ。だから、いきおい誌面は直面する問題解決に対するより良い情報を提供する場となる。読者の暮しの現在に向けて発信する記事なのだから、なにより求められるのは選択、技術に関するハウ・ツーである。

もはや戦後ではないと謳われた当代において、「暮し」のメディアが発信したものは、核家族の主婦がイメージする豊かな生活モデルに応える指針であった。経済成長によって、豊かさの分配に与るチャンスを迎えた時、禁欲を強いられてきた彼女達の世代がモノ／消費に、豊かさをイメージしたのは当然の帰結であったし、メディアはこのような欲望を良かれ悪しかれリードしたのだ。そこで、「暮し」の雑誌の目次を見直してみたい。すると、家庭生活の全般にわたる広範で細密な情報提供が志向されていたことに気づくだろう。と同時に、生活が目次に見えるように項目化されていて、それぞれが分立している。たしかに項目ごとの情報は実用性が高いのだ。しかし、これら一つ一つを束ねる暮しのコンセプトが見えてこないのだ。

*

そこで、幸田文に戻りたいが、その前に『番茶菓子』から遅れること約五ヶ月、有吉佐和子が新制社より刊行した『ずいひつ』を開いてみたい。これは「子どもと私」、「おしゃれ礼讃」、「芝居ばなし」、「文学私見」、「好きなもの」、「小さい感想」、「わたしの有情論」、「わたしの男性観」の全八草で配列構成されている。誰が目次立てしたのかわからないが、この本作りのコンセプトは何だったのか。はっきりしているのは有吉佐和子という「わたし」の素顔、この表象である。が、八つの引き出しはどうみても手元にある随筆を分類するため誂えたものにすぎないし、この構成にしても有機的な繋がりもない。一貫したストーリーが見えてこない。要するに、当代の「才女」というキャラクターを売り物にした場当たり的な本作りがなされているわけである。

それはそれとして、わざわざ有吉の著作を持ち出したのは、『番茶菓子』の特徴を見えやすくしたいからだ。有吉にとって、随筆とは自分の告白や主張を書き記す器であったから、身近な話題がモチーフになった。このジャンル意識はまっとうであるし、それが「わたし」や「文学」、「……論」、「……

観」などといった目次作りに表われたのだ。収録された「流線型饒舌について」には、「幸田文先生」も登場する。

当然のことだが、幸田文もこのような随葦を書いている。だが、『番茶菓子』は有吉の『ずいひつ』の対極にある。まず、随筆のモチーフといえば、文学や書物、文学者としての日常生活などが思い浮かぶが、幸田文（工房）はこれらを一切排除している。登場人物も有名人はいない。というより、あらかじめ匿名、名前はあっても市井のだれかれとして語られているのだ。食物や着物について書いたものも、名店で食事や買物をした体験を題材にしたものではない。

では、こうした要素を意識的に排除した『番茶菓子』とはどのような書物なのだろうか。そこで、「読売新聞」昭和三十三年八月二十七日夕刊に掲載された一つの書評に注目してみよう。幸田文が末広恭雄他の随筆集『俎上の魚』について、コメントしたものである。

「いい本、ためになる本といろいろあつてもこと食物料理に関しての本ではよくてためになるだけでは、満足とはいかない。こくが足りない感じがする。よくてためになつた上に、気に入るところがなくては困るのである」。「料理法だけの本だと、それはたしかにナベの中や包丁の刃に直接の役に立つ。だが、読んで楽しくはなりはしないし、目の前がひらけた気もしない」――。

食物料理の本一般について言及したものではあるが、ここから幸田文なりの食物料理の本に対する見解を窺い知ることが出来る。第一に実用的であること、文章は内容が読者、すなわち用事をする女性にスムースに伝わるように工夫されていることなのだ。だから、まず情報であって、書き手の個性なのではない。技術を下支えし、家事イコール労働という既成の枠組から、料理を解放するプレゼンテイション（女性を「目の前がひらけた気」にさせる）が必要だ、と述べているわけである。幸田文の『番茶菓子』の語り手は、このような特徴を持っている。

　たとえば、「たべものの四季」の章には、現代日本に失われつつある台所のイメージを語った「台所雑談」が収められている。人間が種族の繁栄保存のために、いかに毒物に敏感であり、火で初めて料理した時にどんなに喜んだかを語りながら、幸田文は「一家のうちの歯と爪にあたる野性の場所」という台所の原初的イメージを提示する。そして、実地にここで立ち働く女中や漁師の老婆が、このイメージの体現者として登場する。語り手の「私」はすぐれた家事の達人にスポットを当てる役割なのだ。この達人達は最新の家事情報に通暁しているわけではない。女性が家事労働に従事する中で身につけた知恵、言い替えれば家事のスタンダードを体得しているのだ。いや、彼女たちはそんな認識は持ち合わせていないだろう、それはスポットを当てた幸田文の所有にかかっているものだ。

　もう一つ、『番茶菓子』の「おしゃれの四季」から拾ってみよう。秋の長雨の頃、一人の女性が訪ねてくる。門から玄関に至る敷石道に、萩が突っ伏して道を塞いでいる。

> 　道は通れません。どうするかと思ひました。そのかたは蛇の目を拡げてそれを横へ倒すと、自分はしほ〳〵と濡れながら、たわゝな萩の花を傘で軽く押しやります。そしてそのまゝ傘を緩く車のやうに廻しながら、敷石を一歩一歩と行きます。行くにつれて傘はくるり〳〵廻り、濡れた

萩は揺れて順々に起きたり返ったりして道を明けます。ほうつと息の出てしまふみごとなことでした。花もきれい、傘もきれい、足も人もきれい！　と感じました。（「雨の萩」）

ここで採用されている視点は、芝居を観賞している客のものである。その観客の代表が幸田文で、あたかも目に映る女性の所作を指し示すようにしながら、「どういいでしょ。きれいでしょ。」と語りかけているようである。このようにして、スタンダードを提示しているのだ。

さて、作中の女性は道を塞ぐ秋草にも、いささかも動じない。自分が濡れることを厭わず、雨と白い敷石の道と萩が織りなす秋の風情を見事な身ごなしで演出して見せた。その当意即妙な、いかにも身についたセンス――。幸田文の「おしやれ」とは、流行のファッションや装身具の選択ではなく、T・P・Oをわきまえた暮しの知恵のことなのである。

この情報を発信する際、幸田文は『番茶菓子』の語り手を、文学者として特権化しないし、自己とそれとの同一化を避けようとしている。有吉佐和子が「才女」というキャラクターを表象したのに対して、この語り手はターゲットにした主婦層に寄り添いつつ、生活の知恵（スタンダード）を伝達するために、仮構されている。このような設定により、幸田文はスタンダードの背後に隠れ、語られるべき情報自体が浮上するのだ。だから、幸田文という「私」が表出することがあっても、この語りの上ではスタンダードをわきまえた存在であり、彼女の振る舞いによって、いっそうスタンダードが鮮明化される。塩谷賛はこのような語り手が紡ぎ出す作品世界をアピールしようとしたのだろう。目次に表れた「小品」、「小ばなし」には、有吉のような随筆との差別化を図った塩谷の編集意識が感じられるのだ。

「新潮」昭和三十三年六月号に、『番茶菓子』の広告が載っている。ゴシック活字で組まれた「生活の知恵に満ちた快い新鮮な珠玉集」という一行である。幸田文と塩谷賛は、約十年間にわたって書いて来た短文を取捨選択して、嗅ぎ取った時代のニーズにマッチした本を作り上げた。それが、この一行に凝縮しているのだ。ここから浮上してくる暮しの達人というセルフイメージが、新しい幸田文の世界を開いていくことになる。それは、『番茶菓子』というネーミングが示すように、家事にいそしむ主婦に向けて発信されていくだろう。性役割によって、女性が家庭に囲い込まれていく状況下で、幸田文の提示したコンセプトは消費された。第二の幸田文ブームの実態とは、これなのである。かくして、幸田文は高度成長期の家庭を演出する一人になったのだ。

4　増幅する「暮しの達人」のイメージ戦略
――「わが家のごじまん」欄の肖像写真をめぐって――

このようにして、幸田文は「暮しの達人」というイメージを植えつけることになったわけであるが、実はこれが明確な画像として、読者の前に立ち現れるのは昭和三十三年十二月である。『幸田文全集』第一巻月報のフロントページに、一枚の写真が収められている。もともとは「婦人朝日」昭和三十二年十一月号の「わが家のごじまん」欄に掲載された写真だが、おそらく塩谷賛と練られた自画像の発信プランの下で焦点化され、これが中央公論社版全集を表象する肖像として用いられのだ。
今、俎上に載せた一枚とは、涼しげな縞の着物を着、左手に芯を尖らせた鉛筆三本を持ち、座卓の前に坐っている写真である。座卓に両肘をつけ、カメラ目線で心持ち左に顔を傾けている彼女の右前に、筆箱、鉛筆を収納する紙箱、鉛筆削り。正面にはきれいに削った鉛筆が集められている。その奥(画面の手前)、右側からよく削られた四十数本が長い順に横一列に立てられている。その手前にも乱雑に十本あまりの鉛筆が転がっている。
幸田文は、この肖像写真のキャプションとして、つぎのような文を書いている。

鉛筆で原稿を書くなら、ちびたのが沢山たまるのはあたりまへだと云はれるだらうが、これがなかなかさうは行かない。病人があつたりよその事件をしよわされたり、そんなとき不思議に鉛筆はみんなどこかへ行つてしまふ。それからお手伝ひさんが愛情のある人だと、使ひかけの鉛筆は終りを全うして、豆粒ほどになつてもなほ踏みとゞまつてゐてくれる。ちびるまで使つたことは私一人の心やりだが、豆鉛筆の描く家内天気図を見るのは家族全員いさゝかたのしい。

家庭の平安を象徴する豆鉛筆が、幸田家に沢山存在していることを表象する。これこそ彼女が読者に指示した画像の読み方である。物書きにとって、文房具とは自分の創造世界を身体運動によって顕在化させるための必須アイテムである。だから、筆や万年筆の選択に拘りを持つ。それは時として単なる筆記用具の域を超えて愛玩の対象にもなった。幸田文の父、露伴もこうした文学者の一人であった。筆者が所蔵する「珍撰会」第一回目の原稿[*11]は、毛筆で書かれている。漱石にしても、漢詩や俳句を書く時こそ毛筆だったが、小説の執筆には万年筆が選ばれている。繰り返しになるが、運筆という運動は精神のそれと連動しており、書き手が毛筆から万年筆へとシフトした背景には、変動するメディアの要請に対応するためであろうが、一方で、書き手が新しい文学性を身体のリズムとして実感する主体的な体験でもあったはずである。だが、露伴の娘が発信しようとする文具のイメージは毛筆・万年筆／文学という定番ではない。

まず、幸田文と文房具（鉛筆）はどのように表象されていたのか。野平健一が「新潮」昭和二十九年七月に掲載された「黒い裾」にまつわるエピソードを、『幸田文全集』第五巻月報[*12]に書いている。「黒い裾」の前半部分を清書していた塩谷賛に所用が出来た。そのために、野平が残りの清書をしなければならなくなったのだが、その原稿の文意がとれない。その原因は野平が通常の原稿のように、原稿用紙の右端を一行目と捉え、ここから左へとコンテクストが展開していくと判断したからであった。「ウロウロしていると、「すみません、私の原稿は左書きですから……」とわびられて、なるほどと思った。左堅書きで、原稿用紙のマス目におかまいなく、流れるように書かれてあるのだ。」――。幸田文はこのように説明している。B、2Bのような鉛筆を用いるために、一般的な原稿用紙の使用法をしていると、運筆によって用紙の上に載せた掌の側部や原稿用紙が擦れてしまう、と。だが、野平はこの行為に、「原稿を書くということに対する初心者」、「露伴翁の娘であることの照れ」を読み取っている。

編集者間で流通していた鉛筆書きにかかわる文豪（父）／素人（娘）という読解は、単なる楽屋話から幸田文伝説へと編成されていくわけだが、先ほどの肖像写真は、幸田文と塩谷賛が彼女の新たなセルフイメージのために、この物語を活用しようとした考えられるのだ。野平が描いてみせた文学者像は、これまで存在しなかったタイプの「素人」であるが、執筆のためにすり減った「豆鉛筆」は文学的達成や生活に資する原稿料の象徴ではない。「豆鉛筆の描く家内天気図を見るのは家族全員いさゝかたのしい」というコンテクストは、鉛筆が幸田家の平穏無事を計るバロメーターであることを語っているのだ。つまり通常の女性作家が文具（万年筆）／文学（原稿料）によって、文学生活を特権化していく回路を、文具（鉛筆）／暮らし（家庭の平和）へとズラしつつ、主婦層の心象にコミットした「暮しの達人」を演出するのである。

ところで、ほぼ同時期に、梅棹忠夫は文明論の見地から「女と文明」[*13]などによって、幸田文と背反する家事労働観に基づく主婦論を展開していた。梅棹は「家庭の合理化」[*14]で、「家庭の主婦なんてものは、まったくのんきなものだ。毎日の家事労働といっても、たいていは機械的に手足を動かしていたらすんでしまうものばかりで、ほとんど頭をつかうこともなさそうである。」と切り込んでいく。合理的思考と経営学的感覚を導入すれば、煩瑣な家事労働は軽減されると論破していき、「妻無用論」[*15]を打ち出していく。これはジェンダーによる労働分化を前景化して、女性を家庭に囲い込む社会状況に批判を加えたものであった。梅棹は攻撃の的を、家事労働を主婦権として主張する女性に絞っているのだが、彼は家事労働について、次のような見解を提示した。「生活の必要からやむをえずおこなわれているというよりは、主婦に労働の場を提供するためにつくられた」――。つまり、家事労働に付きまとう強いられるイメージはフィクションであり、むしろ女性が積極的にジェンダーの囲い込みに加担しているというのである。

このような家事観や主婦論を前提にして、梅棹は以下のように、六〇年代における核家族の状況を分析した。労働賃金の拡大と家電の低コスト化で家事の機械化が進行し、それに伴って主婦は家事担当者としての存在意義を喪失する。その結果、主婦が妻の座を追われる事態が将来するだろう。その時、主婦は愛情による慰安の提供者などと主張することで抵抗するに違いない。だが、主婦が手放そうとしない家庭における妻の位置は「愛玩用の家畜によほどちかい」のだから、女性は男性を媒介としないで、社会的な職業を持つしかない、と。

このように近未来の家庭像を分析した梅棹だが[*16]、周知のように主婦化は加速し続けた。女性に向けて労働マーケットが開放されない社会状況にあって、女性の志向は逆のベクトルを描くしかなかったからである。

中央公論社は女性をめぐる背反する主張を、当代の人気者を通して発信する二正面作戦で、読者を獲得した。このようなメディアや社会状況において、幸田文は主婦化現象を推進する労働政策を底支えする役割を担ったのだ。

注

＊1　昭和二十四年十二月二十日、中央公論社刊。

＊2　昭和二十五年八月三十日、創元社刊。

＊3　昭和二十六年四月十日、岩波書店刊。

＊4　昭和三十一年十二月二十日、文藝春秋新社刊。

＊5　昭和三十一年二月二十九日、新潮社刊。

＊6　昭和三十二年九月二十七日、中央公論社刊。

＊7　「毎日新聞」昭和三十三年五月二十一日朝刊に掲載。

＊8　「厚生」昭和二十九年十月号に掲載。

＊9　「婦人公論」昭和三十四年一月から十二月まで連載。

＊10　「家庭画報」昭和三十三年四月号の「編集メモ」より。

＊11　「文藝倶楽部」明治三十一年一月号に掲載。

＊12　昭和三十三年七月、中央公論社刊。

＊13　「婦人公論」昭和三十二年五月号に掲載。

＊14　昭和三十四年四月二十八日から五月一日にかけて、朝日放送で朗読放送された。

＊15　「婦人公論」昭和三十四年六月号に掲載。

＊16　梅棹は昭和三十年代に発表した家庭論を、『女と文明』（一九八八年十一月、中央公論社刊）に収録している。

第六章

ディスコミュニケーションの現場を構築する語りの方法

「台所のおと」に描かれた対幻想の世界

臺所のおと

幸田文

佐吉は寝勝手をかえて、仰向きを横むきにしたが、首だけを少しよじつて、下側になるほうの耳を枕からよけるようにした。臺所のもの音をきいていたいのだつた。

臺所で、いま何が、どういう順序で支度されているか、佐吉はその音を追つていたい。臺所と佐吉の病床とは障子一枚なのだから、きき耳たてるほどにしなくても、音はみな通つてくる。けれどもそこで仕事をしているのがあき一人きりのときは、聞く氣で聞いていなければ、佐吉の耳は外されてしまう。あきはもともとから静かな臺所をする女だが、この頃はことに静かで、ほんとに小さい音しかたてない。いまも手傳いの初子を使いに出した様子だから、あき一人である。女房のたてる静かな音を追つていると、佐吉は自分が臺所へ出て仕事をしているような氣持になれる。すると慰められるのだつた。

痛みや苦しみがあまりない、ぶらぶら病氣を病んでいれば、實際手持ぶさたなのだ。だから、身は横にしていても、氣持がそれからそれへと働いていけばうれしいのである。こんなに寝込んでしまうつい一ヵ月前までは、ずつと自分が主人でやつてきた、手慣れた臺所仕事なのだ。目に見ずとも音をきいているだけで、何がどう料られていくか、手に取るようにわかるし、わかるというこ

6

雑誌に発表された「台所のおと」（「新潮」昭和37年6月号）

1　はじめに

忘れられない一枚の写真がある。幸田文は被写体にされる時、どのようにすれば自己アピールし得るかを計算し、セルフイメージを発信しようとしてきた。だから、この表現者のようにメディア表象される肖像写真の怖さを知り抜いていたものはあまりいないだろう。さて、問題の写真とは「朝日ジャーナル」[*1]の匿名記事「業《ごう》と嗅覚の中から」とともに掲載されたものである。蝸牛庵の庭に張り出た濡れ縁に縞の着物を着て座っている。上体は心持ち前のめり、額に刻まれた皺の下のカメラを避けた大きな眼がうつろである。モノクロの被写体から物狂おしい心象が伝わってくる。

記事を読むと、この年の夏、幸田文は志賀直哉と対談した折、小説『流れる』について批判されたようなのである。『流れる』は「ハス（斜め）に書いてる。（中略）僕たちが昔捨てた文章で書いてるって、そうおっしゃった。あたし、いつか真正面から書けるかしら」と、問い掛けているのである。「小説の神様」と呼ばれた老大家に、表現者としてのアイデンティティを打ち砕かれたショックが刻印されている。それがリアルに伝わってくる写真は、撮らせようとして生まれたものではないだろう。

もはや伝説上の人物になり果てていた老人と、戦後という時空を味方につけて疾走していた女性作家との交錯を、幸田文の今にも泣き出しそうな肖像とともに記憶しておきたい。

2　昭和三十年代後半の小説としての「台所のおと」――純文学変質論争の中で――

よく知られているように、幸田文は小説というジャンルに対する明確な認識を持っていたのではない。土橋利彦（塩谷賛）を中心になされたと思われる中央公論社版『幸田文全集』の目次立ては小説と随筆の抱き合わせだし、岩波書店版もこうした幸田文のジャンルを横断した創作活動に対応した目次立てをしている。このような背景を窺わせるエピソードがある。

「文學界」の編集者だった上林吾郎は「「勲章」の思ひ出」[*2]で、「勲章」を小説欄に組んだところ、幸田文から猛烈な反発を受けたといい、「小説とも随筆ともつかない中途半端な扱ひをして発表」したと証言している。このことは身近にいた青木玉も、岩波書店版『幸田文全集』月報8に掲載された「おぼえていること（二）」[*3]で語っている。上林との悶着の後、土橋利彦が小説に関するレクチャーをしたというのだ。

「「奥さん、随筆と小説の違いは……」って長い講義をはじめる。母はふんふん聞いているけれど、内心は全然納得していないようなのです。「そりゃそうかもしれないけれど、私には小説は書けない」と押し戻し、また、土橋さんが、「ですからね、……」。このことで何度も土橋さんが母を説得しようとして、失敗していたのを思い出します」。

だが、だからといって幸田文が物語の創造について、ノンシャランスだったのではない。随筆か小説か、あるいはルポルタージュかというジャンルに対する理論的な考察を通して、物語世界の差異とそれに応じた多元的な語りの方法を編み出すタイプではなかったにしろ、たとえば「みそつかす」は露伴の「想ひ出屋」というメディア側の要請と、蝸牛庵というトポスをめぐるフィクションを立ち上げようとする彼女の創造性が止揚された物語世界であった。また、花柳界は高度な情報ネットワーク社会であり、女中とはその中心に位置する装置であると、「梨花」の視点を通じて語った「流れる」も、幸田文が語るべき世界とそれに見合う語りの方法を探求した証しなのである。

さて、「台所のおと」は「新潮」昭和三十七年六月号の冠頭に掲載された作品である。江藤淳と本多秋五が「文芸時評」で取り上げた後、『昭和38年版　文學選集』[*4]に収録された。この前年十一月、伊藤整が「『純』文学は存在し得るか」を「群像」に発表し、社会主義リアリズムは松本清張の「社会派」的推理小説に、純文学が理想とした私小説リアリズムは水上勉の自伝的推理小説で、それぞれ適度に大衆化されたと考察した。このような分析は佐々木基一の「解説」（『昭和37年版　文学選集』[*5]）にも支持され、彼の視線は戦後文学の退潮と推理小説の優勢という状況の下で戦わされた純文学論争へと、焦点が合わされていた。

「台所のおと」を批評した本多秋五が用いた視点は、まさにこのような枠組から生まれたものである。「文芸時評」[*6]で、本多はこういう小説は存在していいと言いつつも、食べ物をすり下ろす擂り鉢の音などに「そういういわば根付け的美学に感覚をとぎ澄ませている間に、現代小説はなにか重大なものをとり逃がして」しまうのではないかと締めくくるのだ。

原稿用紙の書き方も知らないという伝説が象徴するように、いわゆる文学修業をしたことがなく、ようやく『流れる』の成功で文壇から作家と認知された幸田文にとってみれば、このような文壇状況などは「玄人」の領域であり、関知すべき問題でなかったかもしれない。彼女は福田恆存が指摘したように、マスメディアが生み出した書き手だったのだし、純文学の変質をもたらしたマスメディアの膨張という気運こそが、文壇の外に生息していた彼女の執筆活動を擁護し、推進させた。だから、彼女にとって文壇内部の評判もさることながら、マスメディアが発信するトレンドにアンテナを張らねばならない。

それも与ってのことだろうか、幸田文の文学が現代文学の潮流の中で位置づけられてこなかったのは——。一度、きちっと検討すべき問題である。だから、伊藤整が『昭和38年版　文學選集』に「台所のおと」を収録したことは見過ごしたくない。そして、幸田文の涙も。大局的に見れば、最初に紹介した志賀直哉と幸田文とのズレは昭和三十年代の文壇状況が投影しているかもしれないのだから。

＊

依拠していた批評の枠組が時代の波に洗われるにつれて、その批評的営為の射程がどこまで届いているか真価が問われる。戦後文学の枠組に凭れかかった批評が見つけ出した「根付け的美学」という否定的な読解は、今日の批評シーンでは「今になってみるとその古風な心の動き――そういうものがむしろ新しく光りだして見え、上質の品位さえかんじさせる」と、中野孝次が書いたように読み替えられるのだ[*7]。まさに、幸田文の読み替えが開始されるとともに「台所のおと」の声価は高まった。平成四年から五年にかけて、八本の批評が新聞雑誌メディアに掲載され、幸田文ブームのうねりが起こるのだ。

3 「台所のおと」の物語戦略――再生装置という語り手の創造――

昭和三十一年から二年間にわたって、幸田文は姉「げん」の視点から結核で死んでしまう弟を書いた「おとうと」に取り組んだ。家庭不和が原因で不良化し、不規則な生活のために結核を誘発してしまった露伴家の長男・成豊と、愛弟を庇いきれなかったのは自分の責任だと悔いる幸田文をモデルにした小説である。「婦人公論」の読者に端を発した評判は単行本の刊行や映画化によって増幅され、この作品をベストセラーへと押し上げた。が、文壇の評価は厳しかった。「週刊朝日」に掲載された無署名書評は「げん」の内面を語るあまり、物語のパースペクティヴが疎かになっていると批判したのだ[*8]。

さて、中年の妻「あき」の心理世界を描いた「台所のおと」は、やはり看取りを題材にしたものだが、後述するように細部まで計算されたフィクションである。五年間の歳月を経て、再び家族の最期を看取るというモチーフに取り組んだ幸田文であるが、この作品において彼女はかつて失敗と批判された語りの問題にどのように取り組んだのか。昭和三十年代後半の文壇状況下、水上勉は私小説リアリズムを推理小説に接続した「雁の寺」で直木賞を受賞したわけだが、彼女は当代の課題とどのように向かい合ったのだろうか。

*

さて、「台所のおと」は料理屋「なか川」の主人、「佐吉」の視点から語り始められる。死病の床に伏せる彼は、障子一枚を隔てた台所で仕込みをしている妻の様子を聴覚で追うことで、無聊の思いを慰めている。

その仕事は、障子の仕切りを越して聞えてくるほどの音は立てないから、あきから何のもの音もきこえてこないのだ。葉ものごしらえをしているとすれば、もうじき水は止められる筈だ。なぜなら葉ものの洗いは、桶いっぱいに張つた水へ、先ずずつぷりと、暫時つけておいてからなのだ。浸しておくあいだは、呼吸を十も数えるほどでいいのだが、その僅かのひまも水の出しつぱなしはしないこと、というのが佐吉のやりかたで、佐吉は自分の下働きをしてくれるひと誰でもに、その方式をかたくまもらせていた。無論あきがその手順を崩したことはないし、決して無駄水を流すような未熟なまねはしなかつた。

本多秋五ならば、このコンテクストは「根付け的美学」だと批判するのだろう。だが、「全神経、全精神を張りつめて向きあった文章」[*9]で、「それは台所の物音を単に美学に封じこめてしまう耳ではなく、一方では料理する人間の内部に貫入してゆく人間学」とコメントした現代の高橋英夫は、とりあえず観念の中でしか人間存在を論じられなかった文学評論から解放されているのだ。そこで、問題なのは高橋のようなリテラシーを可能にしている語りの方法なのである。

「人間学」といってしまうと、いささか大げさではあるが、たしかに語り手は単に料理職人「佐吉」の感性の鋭さを語ろうとしているのではない。というのも、引用したコンテクストの始まりで、語り手は「しやあつ、と水の音がしだした。」と突然聞こえだした音に耳を澄ます「佐吉」に寄り添いながら、水音の響く台所へと読者を誘うのだが、実は水音に感度を合わせたかに見える彼が捉えようとしているのは、水音を立てていながらも、全くといっていいほど気配を消している存在だ、と語るのだ。見えもしない、更に気配を殺している存在の活写がどうして可能なのか。語り手には簡単なことのようである。まず極力、自らの感覚に基づく余計な描写や解釈をしないというセオリーを打ち立てる。そして、これを語りの現場で貫き通すことという方法を手に入れているからだ。料理の下拵えを日常の仕事としてきた「佐吉」にとって、葉ものを水洗いする手順はまさに眼を瞑っていてもなし得ることだから、彼は床に臥せりながら「あき」の動作とシンクロすることなど造作もない。まして、「佐吉」自らが教え込んだ流儀なのだから。ところが、このような読解が可能なのは、語り手が「佐吉」のこうした読み取りに注釈を加えているからだ。というのは引用したコンテクストの語りの視点人物「佐吉」は、聴覚と手仕事が染みついた身体性を手掛かりに、「あき」の気配を焦点化する時、わざわざ「なぜなら葉ものの洗いは」と、自分が正確な読み解きをしているという根拠を示す必要などない。

語り手が「佐吉」の正当性を補強することで、彼に音の世界、実は音すら発しようとしない者の内面世界に対してなされる洞察を確かなものにしてやるのである。

「佐吉」はこうして「あき」との対幻想へと踏み込んでいくのだ。でも語り手が「佐吉」の読み取りに介入することは、これ以降ないが、自らに課していることはある。それは意識的に語るべき対象を解釈したり、視覚などによって物語世界の描写をしないというセオリーである。そのように構想された語り手の役割は、作中人物の背後にあって、その語りに伴走しつつ再生する装置になることである。複数の配役を一人で演じ分ける噺家のようなのである。だから、物語の枠組や時間や空間が転換する場面に登場しては、最小限の説明を加えた後、主要な語り手である「あき」の背後に回り込むのだ。

＊

「台所のおと」は夫婦の対幻想に基づく語りで形成されており、そのためにこの物語世界は、語りの中にしか存在し得ない。物語に介入せず、「佐吉」と「あき」の声の同調装置であることを課した語り手は、自らの五官を稼働させた作中人物や風景の描写を行なわないからだ。今度は「あき」の側から、このような語りの構造を確認してみよう。

しゃべりたさがはみ出してくる、とでもいえばいいかもしれない。あきははつとし、あぶなかつたとおもう。だから、だんだんにあきは不安ももたされはじめた。佐吉にも初子にも、その他の誰にも、何ひとつしゃべつていないに拘わらず、知られてはいないか、悟られたのではないか、自分が知つていて知らないように装つているのと同様、ことに当人の佐吉は、悟つても悟らないふりをしているのではないか。それが絶えず不安で疑わしくなり、なるべく立居もひつそりと音をはばかり、まして台所の中では、静かに静かにと心がけ、音をぬすむことが佐吉の病気をはばむことにもなるような気がしてきた。

このコンテクストは、「佐吉」が死病に取り憑かれていることを告知された「あき」が、患者に悟られないようにという担当医の戒めを遵守しようとして苦悶するシーンである。ここから音を消して台所仕事に励んでいる「あき」の心情が伝わってくるとともに、物語の冒頭において彼女の気配を障子越しに窺っていた「佐吉」に対する怖れが浮き彫りになる。そこで語りの構造であるが、引用したコンテクストを一貫して統御し、語っているのが語り手であることは間違いない。実は「台所のおと」は、このようなコンテクストが頻出する物語なのである。したがって、これに投与された語りの構造を読み解かなければ、「台所のおと」の物語性は明らかにならないのだ。

さて、このコンテクストで存在性が屹立する「あき」は、語り手によって語られる対象なのだろうか。そこで、「あき」を私に変換して読み取りを再開してみたい。すると、「あきはあぶなかつたとおもう」は「私は」へとスイッチすることが可能であることが分かるはずである。ここからは「あき」／私、すなわち彼女のモノローグによってコンテクストが成立しており、語り手は余計な注釈や描写などを差し挟まないで、彼女の語りに同調し再生する装置であろうとした実態が窺い知れる。引用部分の少し後で語られている箇所を紹介しながら、この補足説明をしよう。

「初子は佐吉の病気をちつとも気にかけていず、年齢と季節のせいだから、春になれば起きるさ、といつたふうに決めきつていた。つまり、初子にとつて佐吉は、寝ていても起きていてもそう関係はないらしい。初子はまた、あきの心の中にも入つてこようとしない。見なれ、つきあいなれたおかみさんだ、というだけであり、それ以外に観察したり推測したりする気はちつともない。主人夫婦のことなどより、自分のことで溢れんばかりなのだろう」。

　読了してすぐ、この語りの主体が「あき」だと気づくだろう。それが語り手によって書き言葉に変換されているわけだが、基本的には「あき」の語りの特徴やニュアンスを残す方向で、音声の整理が遂行しているだろう。語り手は自分が「佐吉」と「あき」夫婦の身の上話に介入して、おのれの語りたい物語へと編集し直さない。目指しているのは、時系列に沿って、この小料理屋内部で展開する夫婦の心の動きを追尾することなのだ。勿論、このような方法でフィクションを構築していることに、語り手は自覚的であるが、語り手は自分自身に対しても批評的であろうとするわけである。だからこそ、おのれを物語の前面に押し出たり、「佐吉」や「あき」の内面に立ち入って批評したりしないで、彼等の言動に対する最小限の注釈者、かつナレーターという役回りを演じるのだ。したがって、物語の大半が「あき」の視点で展開していても、語り手は彼女や「佐吉」に共鳴も反感も表明しない。自分は常にニュートラルな立ち位置に存在し続けるのだ。その結果として、語り手はかえって二人の奥深い対幻想の世界へと読者を誘うことに成功する。先回りして言うと、こうである。

「佐吉」と「あき」は物語世界において、みずからの口で内情を語っている（そのためテクストを読み進めている読者にはすべてが了解出来る仕掛けになっているのだ）。それにもかかわらず、決して二人は互いの心理の中に踏み込めない。「佐吉」は死病に取り憑かれた自分を思って心を痛めている妻に優しく寄り添おうとし、一方、夫の死病を告知された「あき」は自分の気配から「佐吉」がおのれの死を読み取ったのではないかと疑いつつ、何も知らないで安らかな最期を迎えてほしいと願う。二人の言語によるコミュニケーションは機能していない。だが、読者は二つの存在を合わせ鏡のようにして物語を読んでゆくため、おのずと会話の水面下に伏流する濃やかな対幻想の世界に誘われるのだ。

4　料理屋「なか川」という居住空間――対幻想としての「おと」が横溢するトポス――

「あき」の語りに拠れば、夫の姓を屋号にしたこの小さい料理屋は、夫婦と助手の初子で営まれている。小門をくぐると母屋がある。その玄関の戸を開けると、八畳と四畳半の客間がある。客が六人も入れば手一杯である。敗戦直後に建てられたバラック住宅のひどいのを安く買って、安い手入れをした住宅兼店舗である。家屋の構造は一階のみで、間取りは「家のまん中の床《ゆか》をおとして台所にし、台所の両側へ茶の間と奥の四畳半を一列におき、廊下をはさんで八畳とはばかり」がある。往来から見れば、この家屋の最深部に「あき」のいる台所、一間挟んで「佐吉」が臥せっている茶の間がある。このような舞台設定に着目すると、「なか川」というトポスの特徴が見えてくる。それは料理をする現場を他者の目から遮断するための実用的な建築設計なのだが、この物語世界において、この構造は二人の対幻想の有り様を喚起する装置として機能するのだ。まず、二人が位置する場所は往来から最も遠い。だから、外部からの干渉を受けにくいし、なによりも騒音から逃れやすいのだ。それ故、「佐吉」は音を消そうとする妻の気配を感受することが可能なのである。幸田文は父・露伴が設計した中廊下型住宅「蝸牛庵」の間取りを主軸にして、二人の母と自分の物語『みそつかす』を書き上げたわけであるが、「台所のおと」にも人間存在を家屋の構造とクロスさせて語ろうとする幸田文の試みが窺われる。

さて、台所の音を媒介とする「佐吉」の妻への対幻想は、次のようなコンテクストによって開始された。「しやあつ、と水の音がしだした。いつも水はいきなり出る。水栓をひねる音はきこえないのである。しかし佐吉は、水が出だすと同時に、水栓から引込められるあきの手つきをおもいうかべることができる」。狭いし、一間挟んだだけだから水道の水音が鮮明に聞こえても不思議ではない。だが、一寸考えれば分かることだが、道路に面したしもた屋であってみれば、さまざまな生活音が玄関から侵入してくるはずである。彼の音感センサーは「あき」の気配に反応し、それ以外はノイズとして消去するのだ。

「台所のおと」の語りにおいて、このような方向性は一貫しており、物語世界は料理の下拵えの現場やプライベートな生活時間に限定されているのだ。だから、料理屋にも拘わらず、「「きようはどこだつけな?」」/「小此木さん三人の、小部屋のほうは塚本さんだけど。」」という夫婦の会話で、この日の客が暗示されているのだが、彼等の姿は奇麗に消去されてしまうのだ。唯一の例外は火事の当夜に「初子」の身の上を気遣って、「なか川」に飛び込んできた「秀雄」である。その彼は「佐吉」の死後に料理屋の看板を担う人物になると期待されているのだが、そもそも「秀雄」とは何者なのか。

「あき」は昨夕のことを、次のように回想している。「あの時秀雄はもう、火事は消えるから大丈夫、と知つていたのだから、もし単に得意先への見舞というだけなら、玄関で挨拶すればいいのではないか。それに、あきは彼をうちの中へあげたことは一度もなかつた」。近所付き合いの火事見舞いでは片付けられないで、「あき」が「秀雄」の心理へと想像力を働かせるのは、彼が外/うちの境界を破ってきたからである。この闖入者は「彼」という三人称で語られる唯一の存在である。「佐吉」のようなインナー達は三人称で語られてよいコンテクストにおいても、ファーストネームである。一方、姓名で語られるのは、「小此木」、「上田」のような外部者である。そうすると「あき」にとって、この男は姓名とファーストネームだけでは括ることの出来ない存在なのであり、まさに「彼」という人称こそ外部/内部の境界に位置し、やがて彼は「佐吉」、「あき」、「初子」と同じようにファーストネームで名指しされる、すなわち「なか川」のインナーに転換する存在なのだ。

この出来事で、「秀雄」の心根に打たれた「初子」は急速にこの男に惹かれていくのだが、その背後には「あき」達のサポートが介在している。「台所のおと」の語りにおいて、突然の闖入者「秀雄」を内部に引き入れることで（彼は最初は「秀雄」と語られる存在であったものが、やがて内側からの捉え直しに応じて「秀さん」、「秀」へと変容していく。しかし、「あき」の語りの中で、彼が「なか川」に顔を出すのはこのときだけである。）、今にも潰えそうな対幻想の世界に、これから成長していく対幻想が組み込まれていくが、面白いのは「佐吉」が「初子」を、「ほんとに静かな音しか立て」ない妻とは対照的な存在だ、と語る場面である。それは夫婦が彼女の噂をしていたところに、本人が戻ってきたシーンだ。

「佐吉は今迄初子を静かな娘だと思っていたのだが、病んでからよく見てみると、それほど静かではなくて、やはり結構ざわつきを発散していると気づいた。（中略）さつきあきに聞いてはじめて知ったことだが、恋ごころなどがあっては、大ざわつきを振りまいて歩いているのと同じだから、病人のおれがうつとうしく感じるのは当り前か、と苦笑がでる」。ここで語られている「初子」の相手は放火の嫌疑を掛けられる「上田」であるが、それはそれとして「佐吉」にとって、「なか川」の外部とコミットしたいという若者らしい一途な欲望をあたり構わず振りまくために、彼女は「ざわつき」、つまり「佐吉」の想世界を掻き乱すノイズと感じられるのだ。

しかし、「あき」はそのような「初子」だから、「道具になった。役にたつ。」と語る。主人の病気など気に掛けていないし、「あき」の心中にも入り込んでこない。恋愛のこと以外は眼中にないからだ。

＊

語り手は夫婦それぞれの語りを生かすことで、「静かな音」が横溢するトポス「なか川」を焦点化するのである。この音とは「佐吉」にとって、物音ではない。というのも「初子」のノイズは外部に向けた恋愛幻想から発する過剰な身体性だったからであるし、「あき」の「静かな音」も内情を悟られたくないという身振りを象徴しているからだ。だから、「初子」の「ざわつき」もインナーとなる「秀雄」と出会い、二人の結婚が「佐吉」夫婦の将来計画に組み込まれることになるとともに、それは「静かな音」へと変容するのだ。この若いカップルは「台所のおと」に華やかな彩りを加えているが、夫の病のために一層緊密になった夫婦関係を経糸とする対幻想の織物に、緯糸として織り込まれ、「なか川」というトポスを鮮明にしていく。このように夫婦の語りを縒り合わせつつ、語り手は音を「ざわつき」（ノイズ）／「おと」（対幻想）と差別化し、小料理屋「なか川」を造型しているのである。

ところで、小料理屋の居間に横臥しながら、「佐吉」が二様の音を思い起こすシーンがある。離婚に終わった過去に纏わる台所の音である。このテクストには自分の生い立ちから結婚、破局、そして「佐吉」との出会いを語る「あき」が登場するのだが、「佐吉」の回想はこれと対をなしている。二つのコンテクストは隣接はしていないが、読者は物語の構造上、合わせ鏡のようにして読解を続けていくだろう。「佐吉」が物語るのは、まず「万事にのろい女」である。彼は失職したため家にいることが多くなったのだが、そこで気になりだしたのが妻の発する煮炊きの音であった。彼女の台所の音とは、食器や鍋を乱雑に扱い、欠けるなら欠けても構うもんかという音で、「食べるものをこしらえる音、ではなかつた」。「佐吉」はこの音に稼ぎのない自分に対する当てつけや愛情の薄さを感じ取り、結局、妻を捨ててしまうのである。

この女は男につき従って生きていくタイプであるが、もう一人は打って変わって、男を喰い物にしてのし上がっていこうという才覚がある。台所の仕事は一切しない「まん」という女である。彼女の音は、しっかりした「指でいたずらに台所のものをはじ」いて出される。「あき」より魅力的なこの女と「佐吉」とを、決定的な諍いに駆り立てる音がある。それは「まん」が鯵切包丁をお櫃に投げるシーンで聞こえてくる。「窓下の壁へ斜にたてかけて乾してある、お櫃へ発止ととばした。とつ、と刃物はおひつの底へ立つて、立つたままでいた」。

職能社会に生きる男性原理を枠組にして、組み立てられた物語世界であるため、「佐吉」寄りの人間認識が肯定されてしまうところに、このテクストの限界が露呈している。それはそれとして、「台所のおと」の語り手は別れた妻たちの音／「あき」の音を重層的に構造化することで、「おと」のトポスとしての「なか川」を強調するのだ。

5 「台所のおと」の物語世界——誤読を促すテクストが表象するもの——

小料理屋「なか川」の家屋構造を読み解くことで、物語世界の枠組を捉えてみたわけであるが、さらにこのトポスで表象される物語について考察をすすめてみよう。

そこで、「台所のおと」の批評史を浚ってみていくと、興味深いことに気づく。菊田均は「「音」に

まつわる人間関係　特異な感受性を通し伝える時代の雰囲気」[10]で、以下のように読解している。「あきは、さては気付かれたかと思うが、夫が病気の真相をはっきり知っているようにも見えない。夫もそれ以上のことは言わないまま作品は終わっている」、と。次に山田稔は「音と匂いと色の織物」[11]で、「佐吉は病状を察しているのかどうか。」と、松坂健は「幸田文を読むことの〝ご利益〟」[12]で、「実はこの板前、もう長くない。女房は知らされているが本人は治ると思っている」と書き記している。筆者が確認している「台所のおと」評は八本ある。が、「佐吉」がおのれの最期が近いと認識していることを、正確に読み解いたのは江藤淳「文芸時評」[13]だけである。いったい、これはどういうことなのか。平成の文芸批評がレベル低下したのだろうか。ちゃんとテクストと向かい合っていれば、こんな誤読はしない。なぜならば、「佐吉」は自分の死期について「「あと何日ある?」ぎよつとした。「――彼岸を越して、四月――四月だ――」」と、そして「五月には忘れず幟をたてな、秀がいるからな、秀が。」と死後に妻がすべきことを、「あき」に向かって語っているからである。ここでもう一度、同じ問い掛けをしてみよう。では、なぜ平成の批評家達は誤りを犯してしまったのか。前言を翻すようだが、彼等はきちんとテクストと向かい合っていたのかも知れない。だから、誤読が生じてしまった――。ひょっとして彼等は「あき」の語りに寄り添いつつ、物語世界を読解したかもしれないのだ。

＊

そこで、もう一度、「台所のおと」の語りについてコメントしておこう。引用するのは火事の当夜を語ったコンテクストである。

覚めるなり、火事とわかつた。うちではなかつた。だがすぐそこ――あなた起きちゃだめ、待つてて、初ちゃあん初ちゃん！　あきは足袋をはいた時に、はつきりと慌てから抜けた。焼けない、と思つた。起きかえつている佐吉へ、丹前をかけ毛布をかけてやつた。初子が立つていた。誰かがどどど、小門をたたく。はつとおびえる。火がまわつた、とおもう。叩いている。無理な改造のために、この家は出口が一方しかなかつた。

小門を叩いているのは「秀雄」である。この語りの構造は、「うちではなかつた」で明らかなように、「あき」の語りが中核となっている。そうでなければ「慌てから抜けた。焼けない、と思つた。」以降の瞬間的な判断を語ることは不可能だ。だが、このコンテクストを注意深く検分すると、「だがすぐそこに」の「だが」は、「あき」の語りで用いられるはずのない文章語だ。そして、さらに咄嗟に表出した身内意識（「うちではなかつた」）は、すみやかに他者の目線によって、「この家」と捉え直される。つまり、冷静な外部の語りでコーティングされてしまうのだ。このような事態は、出来るだけ背後に隠れて「あき」の語りを再生している語り手の存在性を明かしている。

このような語り方を採用すれば、おのずから物語は「あき」の視点で、「佐吉」は外面描写されることになるのだし、一方でこの一人語りを通して、彼女の心中が手に取るように伝わってくるだろう。さて、第七章は「なか川には、火事の翌日に予約があつた。あきはゆうべの興奮のあとで、からだも気持ちもぐんなりして、台所へ立つのがいかにも億劫だつた。」というコンテクストから語り出される。

最初のコンテクストだが、一見、外部に位置する語り手が発話行為を実践するための、これはイントロダクションのようである。だが、直後に呼び出されるのは「あき」であり、同じ時制で出来上がっている二つの構文は客観的な事実と彼女の内面とが一体となって意味表象を形成している。だから、二つのコンテクストはスムースに「あき」の内面語りを誘い出す。たとえば、「あき」を一人称の私に変換してみれば分かりやすいかもしれない。このように滑り出した語りの締めくくりは、こうである。「予約は毎月一回きめて来てくれる、常連ともいうようなメリヤスの仲買さん達で、むろんゆうべの近火は承知の筈だつたから、断る理由は一応たつのである。しかし、それにしても佐吉に無断では休めない。佐吉は笑つた」。「あき」は休業したい思いを心中でまさぐっていて、理由を見つけ出す。それで十六行にも及ぶ長いモノローグから、話相手が存在する現実世界に戻るのである。この時見えた「佐吉」の描写は、素っ気ない。ただ「笑つた」のだという。ここで肝心なのは、なぜ「あき」がこのような対象把握しか出来ないのかということである。彼女は夫の笑みに何の解釈も加えていないのだが、それは意図して夫の心理世界に介入しないのではなく、実は不可能なのだろう。「佐吉」の心理が摑めない。こんな状態に陥っているために、解釈を棚上げにしていると思われるのだ。「佐吉は笑つた」という簡潔なコンテクストは、この直後に接続された七十五行の会話部分だけでなく、物語全体の構造を読解する上でキーポイントなのである。「あき」は夫の真意を読み解けないから、視覚で捉えた事実のみをアウトプットしておいた。彼女のこのような心象が「台所のおと」に深い影を落としていくことになる。

語り手は七十五行に及ぶ会話を再生しながら、何をもくろんでいるのか。

「火事でくたびれたからやすみたいというんだろ？　そこさ、そこが思い違いというものなんだ。火事じゃない。もっと前から調子が悪くなってるんだ。おれは気がついてたけど、おまえ神経がまいってるんだよ。」

あきはひやりとする。

「冗談じゃない。神経なんぞどうもしてやしないわ。」

「まあ、無理もないさ。おれが出られないんだ、（中略）おれにも手がかかってる。医者の出はいりだ、薬だと小間用がふえてるから、だんだん持ち重りがしてきてるんだよ。火事のせいだけにはできない。」

「それならなおのこと、言訳のきくきよう一日だけは休みたいけど。」

佐吉はからかうように微笑する。

語り手はまさに対話のスリリングな緊張感を演出するかのように、二人を「ひやりとする。」、「からかうように微笑する」と、現在形で描写する。ここで注意したいのは、「あき」に関しては心の隅々まで読解し得ているのに対して、片方は視覚レベルでしか捉えられていないことだ。それはこの会話の読み方をも示唆しているだろう。「あき」のコンテクストには心理の有り様を、「佐吉」のには裏表のない正確な情報を読み解くようにリードするのだ。つまり、こうである。裏表のない正確な情報を伝える夫の言説に対して、肝を冷やした「あき」のコンテクストは秘匿している情報を摑ませたくないという欲望を表出するのだ。クリアーな情報の開示／情報の秘匿というベクトルを描きながら、この物語は進行していく。

「おまえ神経がまいってるんだよ。」は、正確無比な「あき」に対する読み取りであり、「佐吉」はそれをありのままに伝えようとしている。隠し事にしないのだ。そこで、語り手は彼の内面に介入するような下手なことはしない。そうすることで、「佐吉」の言説に裏表がないという担保を与える一方、「あき」や読者には全く彼の心理に関する情報を提示しないから、その解釈をめぐり、結果として混乱が生じてしまうのだ。

たとえば、一日休業したいという「あき」を窘めるこんなコンテクストの読み方である。

「正直にいえば休んでもらいたくはないね。ここで一日だけ休みたいなんていいだすんだから、おまえさんもまだ素人なんだねえ。ずいぶんよくおぼえてきたようだけど、まだもつと引きが強くならなくつちゃ、長い商売はむずかしい。どうもこのあいだからそんな気配だつたよ。」

「なんです、その気配というの？」

「いえね、台所の音だよ。音がおかしいと思つてた。」

あきはまたひやりとする。

「台所の音がどうかしたの？」


「佐吉」が「あき」に商売人の心得を語っている場面であるが、「あき」が火事騒ぎの気苦労で疲労していることを承知した上で、休業しようとするのを諫めている。素人／玄人の差別化によって「あき」の行動を焦点化して、玄人の料理人として生きていくべき心得を授けているわけである。この延長線上に「長い商売はむずかしい」という発語はある。だから、ここで「佐吉」は近い将来、自分に代わって、「あき」が店の切り盛りをしていくのだということを伝えているのだ。ところが、肝心なこのメッセージは「あき」に届いていない。

このディスコミュニケーション状態が生じたのは、玄人一般の立場から素人の不心得を咎めるという角度からメッセージが発せられているためである。そのため「あき」はおのずと玄人／素人という差別化の中に身を置くので、読み取る情報はおのずから料理人心得のほうにアクセントが置かれてしまう。その結果、このコンテクストで語られた商売人心得の背後に語られたもっとも重要なメッセージ、すなわち「佐吉」の死が掬い取られずじまいになっているわけなのである。「あき」は自分が発する音で、夫に隠し通さねばならない秘密がバレてしまったかも知れない、と肝を冷やしている。だが、その確信が持てないから探りを入れるし、尻尾を摑まれないように、「あき」は表情や言葉にも注意深くならざるを得ない。そうしながら「佐吉」が自分の死を察知しているか否かを探っているわけである。こうして、「あき」は以下のような推論に至るが、それもすぐに覆される。彼女の心理は物語の終わりまで、「佐吉」を前にして振り子のように揺れ動くのだ。

へえ、讃められたの！ といいながら、あきはかなわないと思い、早く話を打ち切りにしたい。こんな見方、きき方をされていたのなら、きつともはやもう感づいているだろうと思われた。知つていて知らん顔で話しているのならなおたまらない。

この前後の「佐吉」と「あき」の会話は、一見すると二人のコミュニケーションの成り行きを忠実に再生しているように思われる。だが、語り手の位置取りが「あき」寄りであることは、このコンテクストで明らかである。なぜなら語り手は会話中の「佐吉」の心理について全くコメント出来ていないのに、夫の心中を摑みかねている「あき」の内面がこのように克明に辿られているからだ。病死について「佐吉」が語っているにもかかわらず、「あき」がまだこのように真意を摑み切れていないのを「佐吉」はおそらく気づいている。だから、これ以降もおのれの死に関わるヒントを発信し続けるわけなのだ。だが、その度に「あき」は夫の発語に戸惑い、これを推理し、結果としてこの物語は真意を摑み得ないままに閉じられる。この物語では、二人の会話は嚙み合わなくなっている。そのことを、語り手は「あき」の視点に立ちながら、顕在化させているのだ。

「あき」の語りによって、ディスコミュニケーションの現場を再生する戦略——。語り手はこれによって、「あき」の心象を読み解きながら（ということは知らず知らずのうちに「あき」とともに）、読者も物語世界をさ迷わせる。その時、語り手によって読者は、彼女に寄り添いながら「佐吉」の心理を探偵する方向へとリードされるのだ。そこでだが、このような意図に乗せられた読者は読み進むうちに、語り手によって仕組まれた推理ドラマの内実に気づくはずである。

　実は「佐吉」は真意を語っているにもかかわらず、これを受け取り損ねて夫婦の会話を空転させているのは、「あき」自身である。だから、彼女はおのれの真意を悟られず、夫に探りを入れるという悩ましい状況を抱え込んだのだが、自らの手で夫が語っている事実に覆いを掛けてしまうという自縄自縛の中で、ひたすら「佐吉」の内面へと垂鉛していく。こんな涙ぐましい現場をもう一度確認しておこう。

「うん。そりゃこういう時の、しのぎのつけ方というものがあるから教えておこう。おれももうとしだからな、死んじまつちゃ教えられない。」

「ま、縁起でもない。きょうは呆れるほど嫌なことをいうのね。これも火事のせいじゃないかしらねえ。」

「佐吉」はいつ死んでもおかしくない年齢だと言っているが、彼は六十過ぎである。たしかに確率は高くはなっているが、そうかといって急病でもない限りは死亡する可能性は低い。こう考えるのが常識であるが、まさに「佐吉」はこの思考回路を用いて、差し迫ったおのれの死と料理人心得を伝達しようとしているわけなのである。つまり彼は話の核心部分を常識論にまぶして語っているのだ。これを受けた「あき」は、病人を安心させようと気を配るのであるが、問題はこれに続く地の文である。

佐吉はきげんがよかつた。あきにはわからない。あれほどの、おどろくような確かな耳だ。ああ聞き抜いていられては、たぶんこちらの心の中は読まれているだろう。だがそうでもないようでもある。悟つていてあんなにいつも通りにしやべつていられるものだろうか。悟つていないのかもしれない。あきの台所のことはあんなによくわかるが、台所のことだからわかるので、病気はわからないかもしれない。あきが音をたてまいたてまいとしたことは、佐吉は看病と責任感とから来る神経衰弱だとしていた。

夫に対する「あき」の読み取りは、人は自分の病状が致命的だと知ると、死に対する不安と恐怖に囚われて神経過敏になりやすい、という一般論に基づいている。これに照らすと、音に対する鋭敏な夫の反応は、まさに死期を悟った人間が引き起こす典型的な症例である。

だが、夫にはそんな病人の暗さは全くない。相矛盾する情報に直面して、「あき」は夫の職能でわかる／わからない領域を設定することで、辻褄合わせをしている。

　このような論理の整合性は「あき」が編み出したフィクションに過ぎない。今後もこのフィクションに依拠しつつ「佐吉」を読み続けることになるが、それ故に「あき」の判断は、立ち現れる現実の中で混乱するのである。結局、「あき」は物語が閉じるまで探り当てたいと腐心した夫の「秘密」を手に出来ない。それは彼女の対幻想が創造したフィクションであり、自分が秘匿しなければならない情報とパラレルである。探る／隠す、が表裏一体となった心理構造の上に成り立つ情念の力学なのだ。

　こうなってしまったのは、「あき」が言語よりも身体感覚をハイレベルな認識ツールと捉えていたからであろうか。身過ぎ世過ぎをするために本音／建前をうまく使い分ける社会に生きてきた「佐吉」と「あき」にとってみれば、言葉とは厄介なものである。だから、「佐吉」は「あき」の心象（事実を秘匿したいという本音）を、台所の音によって捉えたのだし、「あき」が建前かも知れない「佐吉」の発語よりも身体レベルの情報に重きを置いたのも、故なきことではない。妻が発する物音を彼女の本音[*14]であろうと推量して、「佐吉」は苦しい自縄自縛状態から、「あき」を解き放ってやるために、本音で話そうとしているのだ。結果的には「佐吉」の発語行為は実を結ばず、「あき」は彼女の本音を守り抜くために苦悩し続けることになったわけだが、「佐吉」と「あき」の構文はこのような対幻想を基層として成立しているのだろう。

6　おわりに

「佐吉」はコミュニケーションの現場で、注意深くなった「あき」の言動にメスを入れないで、台所の音に注意を向ける。その時の彼にとって、音は病を媒介として向き合う関係性のメタファーなのであり、だからこそ雑音になりかねないものが、二人の会話の架橋になり得るのだ。こうして「あき」が台所で発する音は、「おと」へと変容するのである。

そこで問題になるのは、「あき」のディスクールの有り様である。彼女には「佐吉」の構文は健康的で、およそ死病に取り憑かれた人間の曇りがないと感じられる。このような読み取りを可能にしたのは、「きげんがよかつた」へと収斂する身体情報であった。このこと自体は誤読ではない。「佐吉」はおのれの寿命が幾ばくもないことを知り抜いた上で、心安らかに糟糠の妻との日常を送ろうとしている。火事騒ぎの後、彼が「なか川」の新築話を持ち出してきたのも同じ理由だったはずである。その様は「あき」の視点から「ひたすらに楽しげで、素直な感情が顔いっぱいに、声にまで出ている。どう見ても底に人生の一大事を承知していて、その哀しみをかくしているとは受取れない明るさなのだ。」と語られている。だが、この読み取りは「佐吉」が夢うつつの状態で問い掛けた言葉によって、あっけなく揺らいでしまう。そのシーンを紹介しよう。

のぞきこむと、気がついたように薄眼をして、もう少しよけい笑い顔をした。

「あと何日ある？」ぎよつとした。「――彼岸を越して、四月――四月だ――」相手は平安な寝息をたてており、あきはまじまじと、おさえつけて大きく呼吸していた。

（中略）

四月とは何の時期をさしたのか聞きただしようもなかつたが、あと何日ある？　という言葉がしこつて、身をなげ出して何でもいい、辛いことがしていたい気なのだつた。


「あき」は早速、主治医に「四月」の意味を尋ねに行っているが、医者は何のことだか分からないというばかりで、真相は宙吊りのままになってしまう。だが、後になって「佐吉」が「五月には忘れず幟をたてな、秀がいるからな」[*15]と、「あき」に指示しているのだから、おのれの死期を悟っていたことは明らかなのである。

「台所のおと」という物語空間において、誤読し続ける状況に、みずからを追い込む自意識の辺境に、「あき」は立ったままである。依然として、彼女は秘匿しなければならない情報を抱え、漏洩しないようにしている。そのために、彼女は秘匿の影さえ映さないように用心し、相手の発語にも神経を尖らせているのだが、それは一方でスリリングで濃密な対他意識を生じさせているだろう。この意識とは先述した死病を媒介として、丁度合わせ鏡のように、お互いを瞶める夫婦の関係性のことである。「あき」が誤読を繰り返すたびに、こうした対幻想によって構築されるフィクションは深化していく。

かつて幸田文は、「げん」というほぼ等身大のヒロインを通して、おのれが体験した看取りを物語った。それから約五年後、彼女は同じモチーフの造型に挑んだわけだが、この時に試みられた語りの方法は、「げん」／語り手（幸田文）という単純な物語の主体ではない。語り手は「あき」と「佐吉」による語りの再生装置として設定され、二人のコミュニケーションの核心となる音／「おと」、すなわち対幻想をめぐる物語空間を紡いでいく。そこでは視覚による外面描写は周到に排除され、作中人物の語りの中にしか世界は出現しないのだ。純文学変質論争の最中、幸田文は文壇から批判された「おとうと」の限界性に立ち向かい、より自在な語りの方法を手にしたのである。

注

＊1　昭和三十四年八月二日号に掲載。
＊2　一九九五年七月、岩波書店刊。
＊3　一九九五年七月二十七日、岩波書店刊。
＊4　昭和三十八年七月、講談社刊。
＊5　昭和三十七年九月、講談社刊に収録。
＊6　「東京新聞」昭和三十七年五月二十五日夕刊に掲載。
＊7　「幸田文の再生」（「新潮」平成五年五月号）。
＊8　「週刊朝日」昭和三十二年十月二十日号に掲載。
＊9　「リテレール」一九九二年九月に掲載。

＊10　「週刊読書人」平成四年十一月十六日に掲載。
＊11　「新潮」平成四年十二月号に掲載。
＊12　「文藝春秋」平成五年六月号に掲載。
＊13　「朝日新聞」昭和三十七年五月二十五日朝刊に掲載。
＊14　夫の病状が致命傷になるであろうことを、隠し通すことで精神的なダメージを与えたくないという妻の決意を、「佐吉」は知り抜いているだろう。
＊15　この発語は端午の節句までに命脈が尽きていると自覚した上での遺言である。

第七章

日本の戦後空間と幸田文

「回転ドア」のむこう

昭和49年1月10日、法輪寺上棟式。幸田文、西岡常一

幸田文は昭和二十二年八月、「藝林閒歩」に「雑記」を発表した。文豪・露伴の死にゆく姿を瞶めたこの文章が、幸田家の主婦業に専念した一人の女性・幸田文子（幸田家での呼名。墓に刻まれた名前）を時の人にしてしまった。露伴の戦後的意味を鋭敏に感じ取っていたのであろう野田宇太郎は、「ああ、書かせちゃったなあ」と、この原稿を受け取って嘆息したのだという。

「雑記」は辰野隆をはじめ、戦前の良心的知識人に驚きをもって読まれた。もはや逝去していた文豪が、印刷や製本の工面に難渋した挙句の果てに、ようやく出た粗末な雑誌の中で活々と生活をしていたからである。それは、露伴の生活の内実を見事に描いてくれた幸田文という物書きが出現したことに対する新鮮な喜びであった。

露伴の葬儀は幸田文子が喪主となり、菅野の終の棲家でおこなわれた。晴れた暑い夏の一日だったという。幸田文子は露伴を自分の父として見送ったのである。彼女は『父――その死――』収録の「終焉」で、露伴は世間様からの預かり物なのだと呟いている。それならば、公人として露伴の死を弔おうとする世間に、父の死体を委ねてもよかったのだ。そして、政治やマスコミのイデオロギーによって祭り上げられた「文化国家日本」の象徴という華々しい最期を、日本人の一人として眺めることも出来ただろう。しかし、そうはしなかった。

幸田文子は、「終焉」の物語が結末に近づいたころ、余命いくばくもない露伴との会話で、〈みそっかす〉だったと思い続けていた自分が、露伴の眼差しの中で、「愛子文子」だったのだと確信する。この時、彼女の心組みは決まっていたろう。幸田文子は露伴ではない、幸田成行という父と娘の物語の完結という、私的な弔いのイメージをつかんだのである。しかし、幸田文子が幸田文として死にゆく父を書いた時、世間は「雑記」や「終焉」を一市民の看取りの物語と読まなかったのである。たしかに、幸田文子は自分の父・成行の葬儀をしたが、その作品は世間によって、見事に「文化国家日本」の象徴を物語るフィクションとして読み替えられ、それを追認することで、中央公論社を拠点にしたマスメディア世界の幸田文となっていったのだ。

幸田文子はこのようにして形成された幸田文という「名声」を、虚名だと知っていた。青木玉は、「虚名というものはこわい」と呟いた幸田文子をよく記憶している。

*

幸田文は昭和二十五年四月七日、「夕刊毎日新聞」紙上で、断筆宣言をした。幸田文子に立ち戻ろうとする言説が印象的である。

いまの私が本当の私かしらと思うのです。やはり私には持つて生れた私の生き方があるのです。

断筆宣言以後、彼女は職探しに奔走しているが、完全にペンを折ったわけではない。朝鮮戦争にともなう特需景気によって、急ピッチに経済復興が進行するなかで、人々の消費意欲が高まりをみせ始める。幸田文はこれを背景とした企業宣伝媒体、百貨店や繊維会社のPR誌、映画のパンフレットに寄稿していく。つまり、顕在化しつつあった戦後空間を読み取り、そこにこそ書き手としての自己の生きる場所があると考えていたのだ。それらPR誌に書かれた随筆は、もはやかつてのような意味の身辺雑記ではない。書き手である自分と読者のパースペクティヴが、直観的に捉えられていたからだ。

つまり、幸田文が読み解いた戦後空間のキイワードは情報なのである。それは、職探し（今日、メディアの中でネット化され確固たる情報誌となった）という生活の重大事に悩みつつ捉えた、一生活者の実感だったろう。戦後空間を書き手として生き抜くスタイルは、約四年の助走期間の中で輪郭を現わした。そのスタイルとは、自己の身体を、情報をキャッチするメカニズムとすることである。抑圧の箍がはずれて肥大化する民衆の欲望、というよりもそれを消費行動へと誘導する装置の動きに、巧みに乗りながら情報の発信者となる。これまで実体がわからなかった花柳界に入りこみ、その内状を語り得た「梨花」という人物も、このようにして生まれたのであろう。だからこそ、売春防止法が成立しようとする前夜、衰退の一途を辿る柳橋を描いた「流れる」が、センセーショナルな話題ともなり得たに違いない。

＊

東京の芝公園内に、東京タワーが完成したのは昭和三十三年のことであった。十二月、東京タワーはテレビ塔として機能を始めるが、これによって日本に本格的なテレビ時代が到来する。昭和三十四年四月十日の皇太子御成婚は、その象徴的なイベントでもあった。民衆は御成婚パレードを見ようと高価だったテレビ受像機を、こぞって購入した。

幸田文は、戦後最大のこのイベントを報道する側から瞶めた。NHKと民放テレビ合同の中継番組の「御成婚パレード」に出演し、東宮御所付近のテレビ中継所からレポートしたのだ。情報ネットワークの整備とテレビ受像機に見入る家庭の急速な増大化が進行する中、テレビ中継所のような現場で、幸田文が情報の発信者たり得たことは、記憶されてよい。

「回転どあ」の諸篇は、昭和三十三年三月十六日から昭和三十四年十二月二十七日まで、「NHK新聞」に掲載された。時間の移ろいに沿って、季節の情感を語るという大枠を守りながら、幸田文は当代特有の生活や風俗に着目している。それは「小住宅群落」と、女性だけの熱海一泊旅行を描いた「いそいそと」に始まり、「旅おわる」で完結する随筆群である。

「小住宅群落」は、東京近郊の農村がベッドタウン化していく現象を描いている。

東京はここへきてまた一段といつぱいになつたらしく、住み溢れた人たちはしかたがないから、なるべく東京に近い周辺の町に住いを得ようとする。それを見こんで利殖欲旺盛な人が、粗製濫造のマッチ箱的貸家をぼこ〲組み上げる。

その中に、「中婆さんのごけさま」と「若い学生娘」、「同居人の大ばあさん、子なしごけ」という女世帯が住む一軒がある。静かに暮していているから、近所の話し声がよく聴こえる。それを喋らないから住人たちから信頼されて、いろいろな身の上話が耳に入るのだ、という。このようにして、幸田文は新しく出来た群れを語ろうとするのだ。それは声（ノイズ）として立ち現われる。小住宅群落が共同の住宅空間と認識される手作りのネットワーク、それが成立するまで、知る／知られる関係性の中で語られる噂。猥雑な欲望の潜む声に負けて、三人は近所の人と顔を合わせるのが苦痛になる。

そこに引っ越して来たのが「一見してもとは粋な水にいた人、と知れるおばあさん」である。この人はそんな噂に負けない。近所に紫縮緬の袱紗をかけた配り物を差し出し、夜、奥さん達を招き、お銚子を出し、三味線を爪弾いて、彼女達を真新しい楽しさに酔わせてしまった。やがて、奥さん達はお稽古に通うようになり、朝食時ラジオが聴こえ、パパ、ママと言い交わす家庭には三味線の音が響いている。そして噂やラジオの声（ノイズ）は語りから消えて、音（ね）がこの小住宅群落を統合し、住人たちが東京の有名な一流花柳地の、三流お料理屋でおさらい会を催し、大成功だったと伝えて、語りは終わる。

「小住宅群落」はフィクションだろう。幸田文は声（ノイズ）と音（ね）によって、東京が郊外に向って膨張していくありさまを描いてみせた。ここに登場した二組の老人は、幸田文の認識の幅そのものだろう。幸田文は一見、対照的とも思われる二つの老人像を体現し続けた人だったのではあるまいか。テレビは音のメディアではなく、出版メディアもまた人々の欲望をあおる声（ノイズ）を大きくし続けているが、幸田文は「音《ね》」の人として人々の欲望と隣接し、時として声（ノイズ）に背を向けるというアンビヴァレンスな精神の往復運動を生きていたのではなかったか。

＊

昭和四十五年三月、大阪の千里丘陵で「ＥＸＰＯ，70」が開幕した。各国の、そして企業の新奇なパビリオンが林立する中で、ひときわ眼を引いたのは岡本太郎がデザインした万博のシンボルタワー、太陽の塔である。その跡地は千里ニュータウンとなり、太陽の塔だけが「人類の進歩と調和」を謳い上げた宴のなごりとして、ぽつんと建っている。

昭和四十三年、日本が歩んだ近代を祝祭する明治百年記念行事のあとに開催された万博は、アジアの先進国としてひた走ってきた結節点であった。しかし、列島改造論やディスカバー・ジャパンという消費ブームの裏面で、自然の荒廃や公害といった社会的な矛盾が噴出していた。

幸田文は、誘われて大阪万博に行っている。孫たちのために、どんなものか見てきてあげるといって出かけ、幼な子らに面白かったよと告げたという。しかし、幸田文の著作に大阪万博は登場しない。

それはなぜか。「婦人之友」昭和四十一年三月に掲載された座談会「技術とこころ」で、幸田文はこんな発言をしている。

高木純一——ものを大事にするというのも、職人気質の一つではないかと思いますね。自分が力をこめてつくった作品や使う道具はもちろんですが、そうでない素材などでも、もの自身をいとおしみ、可愛がるということ。

幸田——私のうちにもおやじさんの時代からの道具箱があったのですよ。「五重の塔」を紙の上に建てた時にね、大工さんから少しずつもらっては集めたもので、ちょうなまである本式のものでした。（略）空襲にあって全部焼けてしまいましたが、そのあとの淋しさは、飾り棚や何かがなくなったのとはちがって、それこそりんご箱一つ開けるときにも、「ああ、あの父さんの道具箱があったっけな」と思い出すという感じです。

テクノロジーの粋を集めた祭典は彼女の眼を楽しませたろう。だが、幸田文の関心は彼女の技術とこころのイメージにつながる奈良斑鳩にあった。

昭和四十五年四月十日は、ここ斑鳩三井の古刹・法輪寺三重塔の再建計画のため、信徒、文化人、学者ら六百名が参加して宝塔会が結成された日である。この日から、幸田文は三重塔再建の募金活動の先頭に立った。幸田文が法輪寺三重塔と出会ったのは昭和四十年夏であった。岩波書店を訪ねてきた井上慶覚住職から塔再建のことを聞き、八月四日、法輪寺に行っている。

境内に眠ったままの台湾檜が、立ちあぐんでいる塔を象徴していた。なぜ、台湾檜か、日本には立派な檜の美林があるではないか。それを知りたくて、木曽に出かけて、檜の廃材・アテに出合う。幸田文の「木」をめぐる旅はこうして始まった。そして安倍川上流にイタヤカエデの芽立ちを見に行って、眼前に広がる巨大崩壊地を前に、幸田文は立ちすくんだ。「崩れ」の旅の始まりであった。

飛鳥時代の工法によって再建される塔と現代の尖端的な土木技術の粋を集めた大阪万博との鮮やかな対照――。幸田が選んだ塔再建の道は「木」、「崩れ」という自分だけの旅へとつながった。ディスカバー・ジャパンという喧騒の中で続けられたこの旅は、もはや昭和三十三年の「回転どあ」で芽生えていたのだ。

富士吉田からすこし入った静かな村へ行った。（略）貧しい溶岩の上に生命を与えられたもみの木は、根を深くすることができず横に這うことでやっとだったろう。かわいそうに風にはもちこたえられなかったと思う。お盆のように平たい根へ溶岩をつかんだ、もみの寝姿を私は一生わすれないとおもう。大材料である。（「もみの木」）

そして、女だけの楽しい熱海一泊旅行を描いた「なだれ」には、ハイヤーを駆ってのドライブ中に、「曲りくねった海岸沿いを走れば、ところどころに小さいなだれのあと」に魅かれる語り手が登場する。幸田文は「回転どあ」の中に、はからずも昭和四十五年で分岐していく二様の自分を書いているのだ。「音《ね》」の人として、マスメディアから求められる自分、一方は女だけのにぎやかな団体旅行という戦後風俗の中で、それを「音」の人として楽しみながらもズレていってしまう存在――。彼女は大阪万博という戦後の高度成長の頂点で、ポイントを後者へと切り替えていったのだ。

「木」、「崩れ」は、昭和三十四年に書かれたルポルタージュ「男」とは全く位相を異にする。「男」は各地に働くエネルギッシュな男性を取材し、彼等が体現している活力に満ちた戦後社会を伝えるものであった。その時の幸田文の身体は、マスメディアの中で、この情報を伝達する装置であったろう。それは幸田文がマスメディアに自ら求め、また求められたものだった。

だが、樹木や崩壊地を見て歩く幸田文のそれは、一箇の老いた肉体でしかない。この時、情報というフィクションから解放され、幸田文は自分を揺り動かす何かと向かい合っている。そして、その何かは生命の実体として感得されたままなのだ。そういう意味で、「木」や「崩れ」の見てある記は格物致知ではない。認識し概念化するこのような知の機構をはみ出しているモノに出合い、人間の認識なるものの小ささに慄えてしまう存在性そのものを語っているからだ。

これら見てある記が刊行された時、人々は瞠目した。時代は幸田文と再び出合ったかのようにして振る舞う。本当にそうなのだろうか。書くことを嫌悪しつつ、しかし書き手であり続けなければならなかった幸田文——戦後空間の中で、脚光を浴びつつ生き抜いた彼女——。歩きまわったその晩年の道程から何が見えてくるのか。その検証は始まったばかりだ。

第八章

語りが孕むフィクション世界の位相

「えぞ松の倒木更新」をめぐって

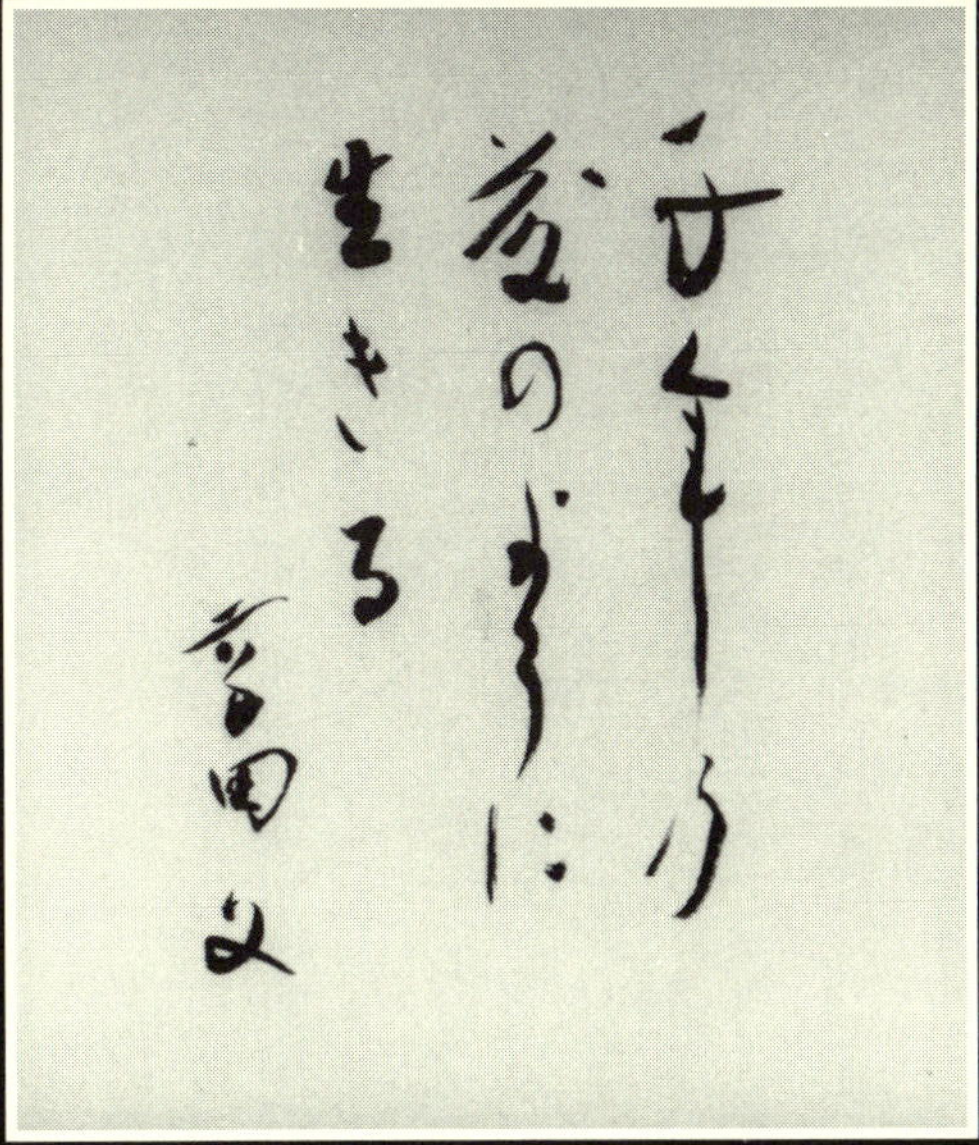

幸田文の自筆色紙
「千年乃藤のように生きる」

1　はじめに

娘が結婚し、孫が生まれて順調に生育し、心配事が一段落したところで、さてこれから何に心を寄せていこうかと、六十歳の幸田文は思ったと言う。自然と足が小石川植物園に向いた。ある時、植物園内のベンチに腰掛けていたら、白衣を着た人が通りかかったので、一本のもみじに幾つの実がなるのかと質問した。これが切っ掛けで、当時、東京大学農学部技官だった山中寅文と出会う。「ふっと、えぞ松の倒木更新、ということへ話がうつっていった。」から語り始められる物語は、二人の会話から始まった。

もう一人の当事者だった山中は、昭和四十一年九月のこの記憶を、次のように振り返っている。「その日も、いろんなやり取りをする中で、えぞ松の倒木更新に、ふと話が及んだのです。人の手一切加えぬ森の中で、倒木の上に着床発芽し、一列直線になって生長して行く木々があると話し始めたら、幸田先生の身体が見る間に小刻みに震えて来たのです。どうしても見たいとおっしゃる[*1]」と、語っている。やがて叶えられた体験を基に書かれた作品は、五年の歳月を経て、「學鐙」昭和四十六年一月号に載った。

「木」と深くかかわった「學鐙」の編集者、本庄桂輔は「幸田文さんと木[*2]」で、執筆の舞台裏を明かしている。「私は文さんが長年「木」の構想を練っていたことは多少知っていたが、いよいよ発表の段階になると、「この連載は総て『學鐙』にあげます。その代り時によって休むことがあるかも知れないが、それは了承して下さい」」と――。

さて、「えぞ松の倒木更新」の載ったバックナンバーが発売になると、女性の間で評判になり、売り切れになった。「木」の連載中、石川淳が「文芸時評」[*3]欄で取り上げたが、この作品が世上で高く評価されるのはずっと後、幸田文没後のことである。

単行本『木』が発刊されるや、各メディアが立て続けに書評を載せた。前年の平成三年十月に刊行された『崩れ』は、一躍、現代作家・幸田文の存在を知らしめた著書だったわけだが、同年十一月十九日付の「山口新聞」を皮切りに、平成四年一月まで立て続けに、雑誌および新聞媒体に、六本の書評が載った。

このような流れの中で、平成四年九月に発売された『木』は、読書界に異様ともいえる反響をもたらした。管見に拠れば、最初に現れた書評は安岡章太郎の「真直ぐな人」[*4]であるが、この年に書かれたものだけで十五本を数える。こうした読書傾向の延長線上に、平成六年二月二十六日付「夕刊読売新聞」に無署名記事「幸田文ブーム」が現れたわけである。

ここで表象され続けた幸田文のイメージは、「見て歩きの人」に集約される。そして二つの著書も「見てある記」という読みのラインであった。たとえば、「読売新聞」（七月七日）に掲載された宮迫千鶴の書評のリードは「見る行為の純然たる激しさ」だし、中沢けいのものは「樹木めでる目に怖れと怯え」（「朝日新聞」八月二十三日）、松山巌の批評が「自在を増した眼で見つめ、たしかな声をあげる」

（「文學界」九月号）だったように――。

こうした批評を集大成したのが、『新潮日本文学アルバム68　幸田文』（平成七年一月刊）のために、勝又浩が書いた「評伝　幸田文」だろう。勝又は彼女の見てある記を、「このよがくもん」だとした上で、次のようにコメントしている。

> 原生林のえぞ松が直列をなして生えていると聞けば早速北海道まで行って、時に人の肩まで借りてそれを自分の目で確かめている。そして、厳しい自然条件のために倒木の上に落ちた種しか新しい生命を根づかし得ない、その厳粛な自然の営みを前にした、八十《（ママ）》歳になろうという老女性作家の熱い筆づかいに、人々は驚嘆したのである。

メディアが表象したこのような作家のイメージは、父・幸田露伴の教え、すなわち格物致知の実践者としての相貌を帯びている。連載「木」第二回目の「藤」で、樹木への関心が露伴邸の庭に始まると記しているのだから、このようなイメージ作りに、幸田文みずからが加担している、ともいえよう。出来の良い姉・歌と出来の悪い妹だった文の物語は、木に対する知識があるかないかで、父親の愛に包まれる者、一方はその圏外に取り残されてしまう者を浮き彫りにする。この風景は「みそつかす」以来、幸田文が執拗にこだわり続けたものだが、トラウマと化した内部世界に降り立ちながら、この負の心性をエネルギーとして、老女が木を巡る旅を続けたというのは、ちょっと出来過ぎた話である。

記憶の中にある木の風景を、語りのベースに据えつつ見て歩くことで、過去、現在、未来を生きる幸田文の身体性と木の生死がクロスし、父親の指し示した格物致知の世界（行為することによって、亡父との親和的世界を生きる）が広がっていったというのだろうか。

しかし、幸田文は「木」の物語を「藤」から開始しなかった。なぜ、時系列に沿わないで、連載第一回目に「えぞ松の倒木更新」を選んだのか、ということを問うてみることで、これまでに作られてきた「見て歩きの人」というイメージと、「見てある記」を捉え直せないだろうか。というのも、「えぞ松の倒木更新」は突然、話の中から飛び出してきた情報が幸田文を捕まえ、彼女を北海道に拉致する物語だからだ。

2　消去されたテクスト／表象されたテクスト

さて、手元に「えぞ松の倒木更新」の草稿がある。一枚目のカタに、幸田文の筆跡で「はみだしましたから切るときは赤の印のところをすてます」と記されている。十五枚の草稿のうち、削除を示す赤鉛筆による囲み罫は四百字詰め原稿用紙約三枚分である。その箇所は、罫で囲った部分である。

ふっと、えぞ松の倒木更新、ということへ話がうつっていった。

北海道の自然林では、えぞ松は倒木のうえに育つ。むろん林のなかのえぞ松が年々地上におくりつける種の数は、かず知れぬ沢山なものである。が、北海道の自然はきびしい。発芽はしても育たない。しかし、倒木のうえに着床発芽したものは、しあわせなのだ。生育にらくな条件がかなえられているからだというがそこでもまだ、気楽にのうのうと伸びるわけにはいかない。倒木の上はせまい。弱いものは負かされて消えることになる。きびしい条件に適応し得た、真に強く、そして幸運なものわずか何本かが、やっと生き続けることを許されて、現在三百年四百年の成長をとげているものもある。それらは一本の倒木のうえに生きてきたのだから、整然と行儀よく、一列一直線にならんで立っている。だからどんなに知識のない人にも一目で、ああこれが倒木更新だ、とわかる――とそう話された。話に山気があった。感動があった。何というい話か。なんという手ごたえの強い話か。これは耳にきいただけでは済まされない。ぜひ目にも見ておかないことには、ときめた。

さいわいに富良野の、東大演習林見学の便宜を与えられた。思いこんだ一念で、ぎゃあぎゃあとわめいたからである。わめかれ頼られた方々こそご災難、誠に申訳ない、とわかっていてもやめられなかった。自分ももうとしだし、この縁を外したらと思うと気がせいて、ひとさまのご迷惑も自分のみっともなさも、棚にあげておがんでしまったのだから、えぞ松に逢えると確かにきまった時はうれしかった。

九月二十八日というに北海道はもう、もみじしはじめていた。染めはじめたばかりの紅葉なので、あざやかさ一際だった。レールぞいに断続しつつむれ咲くのこん菊は紫がふかく、宿の玄関わきに植えられたななかまどは、まっかな実を房に吊って枝は重く、秋はすでに真盛りへかかろうとしていた。通された部屋には、ストーヴに火があり、日の暮れる頃にはなお急に冷えてきて、今朝東京をたつ時半信半疑できいた、北海道は三度、という気象情報を皮膚でじかに知ったことである。

はじめの日は、あれは標本室というのだろうか。北海道産の大樹の見本である。定寸法に従って伐りそろえられた大木が、皮つきのまま、ずくんずくんと立てならべてある。なによりもまず重量感で圧迫をうけた。コンクリート建築の重量は見なれ平気だが、木の量感重感に都会ものの神経はヘナヘナした。こういう状態になると、ものは覚えられない。聞けどもきこえず、見れども見えずで、その時は一生懸命におぼえたつもりがあとではみな支離滅裂で、残ったのは巨大な柱の群像だけである。

二日目は〝樹海〟の碑のある見晴らしへいき、はるか遠い尾根尾根を指して、演習林の広さをほぼ知らせてもらい、それから谷へおり、山へとジープはのぼりのぼり、標高によって生活する樹種がだんだんと変っていくことを、実地でおそわる。それから精英樹、という極めつきをもつ針葉樹、広葉樹を見る。勿論、精英樹をきめるにはいろんな条件にかなわなければならない。しかし素人目にもはっとすぐ納得のいく立派さをそなえている。折柄小雨がぱらつき、谷から霧がまき上ってきて、行手をぼかし、足もと至るところに生い茂るささに露を置いて過ぎる。思わず感情がたかまる。えりすぐられた一本のエリートは、文句なくみごとである。しかし、エリートならざる数々の凡庸、その凡庸にまたそれぞれ等級はつく。これらもまた、力強い頼もしさだ。そして、どんじりは辛うじて弱く生きている虚弱劣級木だろうか。かなしいというか、いとしいというか。木はまことに無言であり、私はなにか誰かに語りかけたくてたまらないのを、ただ控えて、森林の静寂に従って佇んだ。

三日目、また別の谷から入った。行く道々の車のなかから、今日は植物群落、遷移、その環境ということを教えていただいた。

さて、ここで、はっきりしているのは規定枚数を超過したことに気づき、現今のテクストを十二枚に収めるという方向へ、幸田文の編集意識が働いたことである。三枚分を切り捨てる作業は、このような短いテクストにとって、重大な事態である。それは書き上げたものに介入し、物語世界を改変してしまうかもしれないのだ。しかし、この草稿を受け取った本庄桂輔は、幸田文が赤鉛筆で施した囲み罫を無効にするために、赤のマジックペンでトルの指定をしている。

では、「えぞ松の倒木更新」の草稿上で、一つは顕在化し、一方は消去された書きものに眼を向けてみよう。現今のテクストは、とりあえずルポルタージュとしての形式を踏まえている。語る主体が「自分もうとしだし」、ルポの対象となる場所は「富良野の、東大演習林」、時間は「九月二十八日」以降の三日間というように、語りの枠組が設定されている。このために、読者はやすやすと語りの流れに乗っていけるだろう。ここから、老女の感動的な「見てある記」という読解が生まれてくるわけである。

ところが、見てわかるように、これら物語を形成する情報が、片方では消去されているのだ。その結果、知的好奇心の強い活動的な老女のイメージや、その舞台となったトポス、倒木更新を実見した日時が朧化してしまう。たとえば、もっとも重要な倒木更新のシーンである。「通された部屋には、ストーヴに火があり、日の暮れる頃にはなお急に冷えてきて」は九月二十八日の記録だが、第七パラグラフの「そして、目的のえぞ松の倒木更新である。」という三日後の記載が、この日の行動になってしまう。日が暮れようとしている時刻に、森林に足を踏み入れるはずがない。そうすると、消去された草稿は、「自分」を不可思議な時空へといざなうことになるのだ。

書き上げた原稿に削除のための赤鉛筆を揮った結果、大事な情報が失われ、日常の裏面から非日常の世界が現出すると、幸田文は認識していたに違いない。それを前提にしたテクストのイメージは精度の高い報告を目指してはいないし、したがって、自ずから語り手は情報の伝達装置としての役割にのみ徹しきる存在でもない。だから、日の目を見なかったテクストはルポルタージュとは異質なのだ。

そうすると、こんな想定が可能だ。幸田文は記録性から逸脱しつつ、この朧化を必要とするフィクションを企てたものではなかったか——。このような志向は、もともと現行のテクストの上にも影を落としているのだ。なぜならば、このテクストにおいて、基軸となる「九月二十八日」という時間が何時か特定出来ないからだ。幸田文が富良野にある東大の演習林に行ったのは、昭和四十一年なのだが、この正確な日時が書かれていない。普通の読者は作品世界内の時間を一体、どのように想定するのだろうか。

おそらく、この作品が発表された昭和四十六年一月を起点として、もっとも近い過去を選択するだろう。情報の鮮度がルポルタージュの必要条件とすれば、年次を記さなかったのは、このような時間の錯誤を生じさせる読みへと導く措置だった、と考えることも可能だろう。だが、もしそうならば、幸田文は情報伝達の現場において、伝える側と受け取る側との信頼関係を棚上げしているわけである。

さらに、情報に紗をかける方向性について指摘しよう。このような事態は、もはや「えぞ松の倒木更新」の冒頭から顕在化している。この物語の端緒となった会話について、相手が誰なのか、何時、何処で、ということについて、語り手は全く語らずにいる。このように語られるために、会話の現場のリアリティーは殺がれてしまうだろう。その結果、どのような状況が起こるかといえば、コミュニケーションの現場に代わって、話そのものにリアリティーが宿ることになる。それによって立ち上がってきた言葉の力が、なまなましく表象されていくのだ。だからだろう、語り手が次のように、「話」にこだわるのは——。「話に山気があった。感動があった。何というい い話か。なんという手ごたえの強い話か。」とは、なんという執拗な話への言及であろう。

3　逆接／ない、の連鎖する文体

物語の魔力に引き込まれた記憶が、もう一つの物語を生み出していく。そんな予感を喚起させる書き出しがある。それは次のように紡ぎ出されていく。

ふっと、えぞ松の倒木更新、ということへ話がうつっていった。

北海道の自然林では、えぞ松は倒木のうえに育つ。むろん林のなかのえぞ松が年々地上におくりつける種の数は、かず知れぬ沢山なものである。が、北海道の自然はきびしい。発芽はしても育たない。しかし、倒木のうえに着床発芽したものは、しあわせなのだ。生育にらくな条件がかなえられているからだ。とはいうがそこでもまだ、気楽にのうのうと伸びるわけにはいかない。倒木の上はせまい。弱いものは負かされて消えることになる。きびしい条件に適応し得た、真に強く、そして幸運なものわずか何本かが、やっと生き続けることを許されて、現在三百年四百年の成長をとげているものもある。それらは一本の倒木のうえに生きてきたのだから、整然と行儀よく、一列一直線にならんで立っている。だからどんなに知識のない人にも一目で、ああこれが倒木更新だ、とわかる――とそう話された。

幸田文は「グリーン・パワー」[*5]昭和五十四年三月号に求められて、「えぞ松」を発表している。倒木更新について叙述したコンテクストを抜き出してみよう。

なぜ一列になるか。えぞ松はたくさんの種子を地上に落とします。種子はもちろん発芽しますが、そこまでです。この土地の酷寒をしのいで来春まで生き残ることはできず、みな空しくなってしまいます。けれども地上にではなく、倒木の上に着床した種子だけは、凍土の難をまぬがれて生き続け、さらに何回となない淘汰を経てのち、わずか数本が百年二百年の大樹になって残ります。倒木更新、一列更新と呼ばれるゆえんです。

八年という歳月を隔てて書かれた二つのテクストの語りに、基本的には変化はない。倒木更新の説明の主は、一方は「とそう話された」が指示する他者。もう一つが幸田文である。この相違はおそらく、メモ用紙にしたためたランダムな情報を精査し、より正確な倒木更新の知識を組み立てようとする姿勢があったか、なかったかであろう。

「えぞ松の倒木更新」に登場する影の存在は山中寅文だったわけだが、彼の語りがそのまま、作品世界に生かされているとは言えない。ここでは、話特有の冗漫な語り口調や、そこに込められる感情が排除され、話の進行によって知識が伝わっていく道筋が現れる。このような知識が伝達される現場（あるいは、それをメモによって再現することで顕在化する現場）から、必要な情報だけを洗い出し、簡潔にする。それは受け手の側が、いかに話者の語りの中から必要な情報を抽出し、整理したか、つまり知に至り得たかを示すことになる。その過程において、ぜひとも物語の世界に行ってみたいと思うほどの感動が沸き上がってくる。したがって、このコンテクストは知識が伝達される祖型（幸田文の用語では「啐啄」）を表現しているのだ。

随筆「えぞ松」は、幸田文が「えぞ松の倒木更新」で立ち上げた枠組を想起しつつ、運筆していったものであろう。そういうわけだから、ここでは「えぞ松の倒木更新」の話者（「自分」に対する語り手／山中寅文）は消去され、語りは幸田文に一元化されている。二つのテクストを比較してみると、「えぞ松の倒木更新」が、語り／語られる現場を基層としつつ、「自分」が語り始める世界であることが、はっきりしてくるだろう。

さて、この話の世界だが、「えぞ松の倒木更新」にしても、やはり話者の存在は薄められており、話自体が浮上してくるように表象されていた。先に確認したように、冒頭部分のパラグラフは作品世界の語りによって、生み出されたものであった。では、この語り手は「えぞ松の倒木更新」の話を、どのように進めようとしたのか。どのように作品世界の総体を語っていくかという戦略と、それはかかわっているだろう。

そこで、冒頭部分のコンテクストを想起してみよう。この語りの構造を支えているのは逆接の助詞である。そして、これが鎖状にコンテクストを連結し、さらにコンテクスト内部の修飾語や述語が加わって、模糊としていた倒木更新のイメージが言語の中から、徐々に姿を現していく。それを受け止めて今度は逆に、連続する順接の助辞やプラスの修飾語の力によって、そのイメージの全貌が明らかになるのだ。ざっと、このような語りの構造が見通せるように、抜き書きしてみよう。

「が、北海道の自然はきびしい。」→「育たない」→「しかし」→「とはいうがそこでも……いかない。」→「倒木の上はせまい。」→「消えることになる。」→「厳しい条件」→「真に強く、そして幸運なもの」→「それらは倒木のうえに生きてきたのだから、整然と行儀よく、一列一直線にならんで立っている。」

この語りを聞いて作中人物「自分」が感動したのは、倒木更新という世にも稀な生態そのものだったろうか。それも確かにあったには違いなかろうが、先に記したこの生態を言葉として紡いでいく語りの力にこそ、心を揺さぶられたのではなかったか。

「自分」はこれらの言葉の力に吸引されるように、えぞ松の森林を目指したわけだが、その際、言葉が表象する風景は、えぞ松の景観を読み取る指標になっている。「あの時の話に、倒木更新はどんなうっかり者にも一目でわかる、ときいたがそんなことうその皮だ」というように、だ——。このように、「私」は眼前の景観の読み取り（格物致知の枠組）に失敗してしまう。このようなことが起こらなければ、倒木更新というテーマは単なる「見てある記」として書かれていたかもしれない。

そうならなかったのは、言葉が孕んだ風景と現実の景観のギャップの中で、森林を案内する人物の言葉（語り手はこの人物に対する情報をほとんどアウトプットしていない。そのため彼は「私」を先導する音声でしかない。）を参照しつつ、倒木更新の現場を探す状況に直面したからだ。そこで外からの情報だけではなく、自分の身体を手掛かりにするうちに、知らず知らず見知らぬ世界（三枚分の削除によって、この時空が浮上する）を瞶める主体が形を現す。

こんな身体性の突出する事態こそが、テクストの生成につながっているのである。語り手はそれを、次のように表象している。

4 「身」／「木のからだ」の発見

「それあそこも、といわれて慌て」た「自分」は眼を凝らして林を見るのだが、倒木更新は確認し得ない。そこで足を運んで、現場に近づいていく。その様子が「くま笹の丈が、胸まであって足掻きがわるい。」と語られていた。

そこで、気をつけたいのは、このコンテクストが読者に伝える情報としては不正確だということである。熊笹が高く密生していることと、「自分」がその中を難渋しながら歩いていることは伝わってくるが、肝心の「自分」の身体的特徴に関わる情報（たとえば、身長）が欠落しているため、的確な森林の描写になっていないのだ。

幸田文が書き上げた原稿に介入することで、一旦は削除されたコンテクストの内容と右のことは、繋がりがあると思われる。というのも、削除の対象となった「さいわいに富良野の、」から始まる第三パラグラフには、「自分」の年齢や性格が語られていた。それだけではない。このために「えぞ松の倒木更新」がルポルタージュであるならば、まず、明かされなければならない主体がなかなか登場しなくなってしまった。そして、ようやく顔を覗かせた「木はまことに無言であり、私はなにか誰かに語りかけたくてたまらないのを、ただ控えて、森林の静寂に従って佇んだ。」という「私」すらも、一旦消去されたのだ。

この時の幸田文に、ルポライターという自覚があれば、取材の主体を明確にした上で、テーマの対象に立ち向かうのがセオリーであろう。昭和三十年代にルポルタージュ「男」以来、この手の仕事をこなしてきた彼女が、それを知らないはずがない。

では、「自分」／「私」に関わる情報を出さないという選択は、なぜなされるのか。正確にいえば、これは「自分」／「私」に限ったことではない。山中寅文の存在は、言葉の力の表象に置換された。そして森を案内する人物も徹底的に姿や形が消されてしまう。語りの中では、それは「自分」／「私」と応答する言葉として浮上しているのだ。それに加えてもう一つ、幸田文がテクストに介入して、作品世界の時間を変形させようとしたことを思い出してみたい。こうした一連の流れを整理すると、知に至る情報の発信装置として、語り手は機能していない。それどころかルポルタージュの主体から逸脱していこうとする語り手特有の人物像が、見えてくるのだ。

さて、第2章で引用した「えぞ松の倒木更新」のテクストを繙きながら、論述を進めたい。語り手は冒頭部「ふっと、えぞ松の倒木更新、ということへ話がうつっていった。」と語り始めて、まず、その話で聞いた内容に言及したのだった。このパラグラフの直後に削除の対象となった第三パラグラフ以後の連なりが接続するのだが（第四パラグラフは対象外）、語る立場からすれば、それらはストーリーを円滑に運ぶために必要な情報提供であろう。読者を語りの中に導くために、時系列に沿った説明がなされた後に、第八パラグラフ、「そして、目的のえぞ松の倒木更新である。」というコンテクストが現れる。これは他者に物語をする上で、踏むべき手順である。

ところで、立ち止まって考えてみると、この「そして」という接続詞はどの構文と繋がっているかわからない。と、つねづね、違和感を抱いていたわけだが、幸田文のテクストへの介入が、この心情を解消させる糸口を与えてくれた。この「そして」は長い前置きのためにぼやけてしまった読者の意識を第一、二パラグラフへと振り向ける楔なのだ。

本題へと進もうとした途端、語り手は「自分」が陥った心身の混乱状態を語ることに直面する。語り手はここまで、えぞ松の倒木更新を実見しようとする老女（「自分」ももうとしだし」と自己と他者との関係性の中に存在性を見出している）の客観的な「自分」語りに寄り添ってきた。このような「自分」を視点人物に据える限り、語りの上に浮上する「自分」は語り／語られる存在として、ルポに適した対象を見聞し、言語表象するだろう。

ところが、森の中で、知の枠組（山中が語って与えた風景）による景観の読み取り不能状態に陥ることで、この「自分」が機能しなくなるのだ。それは、本題に入る直前のコンテクストに表出する。

すなわち一旦、消去された第六パラグラフにである。「そして、どんじりは辛うじて弱く生きている虚弱劣級木だろうか。かなしいというか、いとしいというか。木はまことに無言であり、私はなにか誰かに語りかけたくてたまらないのを、ただ控えて、森林の静寂に従って佇んだ。」

これまでの語り手が寄り添っていた「自分」に取って代わって、語りの前面に露出してきた「私」とは何だろう。この「私」とは語りのパラダイムチェンジを演出する役割をしているのではないか。

そこで、この作品世界の虚構性について言及しておこう。それは「えぞ松の倒木更新」におけるコミュニケーションの現場だ。森に入って作中人物「私」は案内人に向けて、四度ほど質問している。対する案内人の発語は九回。このうち、質疑応答の会話が成立しているのは、四ヶ所である。森に入った幸田文の実像が、「私」に投影しているのだろうか。木を巡る旅に同行した体験を持つ梶幹男が、「なぜ、なぜ、どうしての人」[*6]で、質問魔だった幸田文の面影を素描している。それに比べて、作品で語られた「私」は黙りがちだ。このことを読み解くヒントがある。

だが、残念なことにそこは、倒木のうえに生きた、という現物の証拠がなかった。一列であるというだけの推理であって、証しの物がない。信じないというのじゃない。が、もっと貪欲に承知したい。無論、三百年もたっていれば、元の倒木そのものは腐蝕しつくして、当然形がとどまっている筈はない。だから表土は平らかであり、かつてそこに倒れていた大木の容積である厚さ、太さなどの跡を示すものは、何もない。いささかもの足らなかった。

すると言下に、そんなことなんでもない、少し探せばその希望にぴたりのが、かならずあるさ、という。

引用部分の二、三行目あたりの「信じないというのじゃない。が、もっと貪欲に承知したい。」は、手元にある草稿を見ると、最初は第一パラグラフの最後に書かれていた。これを前に移動したのである。そうなることで、案内人に向けて発せられた言葉として表象していることには違いないが、このコンテクストは読者の関心を、より一層、言葉が心中でわき起こってくる事態へと振り向けている。木や案内人とのディスコミュニケーションを体感し、このような状況下で生じた言葉としてである。おそらく「私」とはこのような言語によって、語りの主体となる存在であろう。これ以降、テクストには「私」の内部に生じる言葉が表象されていく。だから、おのずと、この語りの世界はえぞ松の倒木更新そのものではなくなる。語りの中に浮上する「私」の身体へと収斂されているはずだ。先回りしていえば、「ここらへきてごらんなさい、という。やっとそれがみえた。」という倒木更新が、「一列一直線」(これは山中が教えた視覚による対象把握である)から「真一文字の作法」という身体性の読み取りへ、と変換されることと繋がっているのだ。

さて、「私」は胸まであって、足掻きが悪い熊笹を分け入ることで、お目当ての倒木更新を見たわけだが、その興奮から冷めていくにしたがって、別な刺激に出会う。音である。

「佇んで気を静めていると、身(傍点筆者)をめぐってあちこちに、ほつほつと、まばらに音がしていた。どこともなく雫の落ちて、笹の葉を打つ音なのだった。雨の名残か、霧のおみやげか、それとも松の挨拶だろうか。肩に訪れてくれる音もあった。」——。ディスコミュニケーションの状況で、「私」が心の中で発し続ける言葉によって、この「身」を発見したことこそ、不思議な物語世界が繰り広げられる要因なのだ。

視覚的刺激に圧倒されていた「私」は、聴覚による「身」の発見によって、眼前の倒木更新に疑念を抱くようになる。この疑念を、冒頭部分の「どんなに知識のない人にも一目で、ああこれが倒木更新だ、とわかる」という景観が読み取れなかったことに発していると、語り手は語ろうとしている。なぜなら、「私」がおのれの「身」を通して気づいたことについて言葉を付与する時、「だが、残念なことにそこは、倒木のうえに生きた、という現物の証拠がなかった。」というように、この一文が逆接の接続詞から始まっているからだ。これ以降のコンテクストで多用されるのは「ない」である。たとえば、このように——。

証しの物がない。信じないというのじゃない。が、もっと貪欲に承知したい。（中略）当然形がとどまっている筈はない。だから表土は平らかであり、かつてそこに倒れていた大木の容積である厚さ、太さなどの跡を示すものは、何もない。いささかもの足りなかった。

すると言下に、そんなことなんでもない、少し探せばその希望にぴたりのが、かならずあるさ、という。間もなく、こっちという合図がきた。（中略）まごうかたなき倒木更新だった。

冒頭部分を思い起こしてみよう。それは逆接の助詞の連鎖によって、コンテクストを繋ぐ一方で、コンテクスト内部にマイナスの修辞を散りばめることで、倒木更新の困難さを語った。しかし、この後はこれらの言葉の力の上に、順接の助詞とプラスの修辞を配することで、倒木更新というたぐいまれな生命の営みを表象していた。

「私」の心中の語りも「ない」の連鎖によって進行していく。この「ない」は冒頭部分で表象された物が「ない」のである。この「ない」が「ある」へと転じていく、すなわち「身」から発した欠落感が景観の中において満たされる時、この風景は「身」と繋がるものとなろう。だから、見えて来た倒木更新は、もはや「もの」でも「証しの物」でもない。「私」は案内人に導かれた現場で、「私の望んでいたもの」に出会う。この時は「もの」にすぎない。だが、揺すったり、手を置いてみたりするうちに、「私」は「もの」を「亡骸」や「亡軀」に読み替えていく。さらに、倒木を覆う苔は「自然に着せた屍衣という感じ」に見えてくる。それは「私」が「身」によって、「木のからだ」を体感した証しなのである。

こうして「私」は、「いとしさ限りないもの」と向かい合うのだ。身体を通して見えて来た故に、「木のからだ」は「いとしさ限りないもの」になった。こうなると、木は外から観察される他者ではなくなるだろう。「私」の身体と繋がっているという認識が、「もの」に傍点を振らせたのだから。したがって、これから以降に開かれていくのは、富良野の東大演習林を枠組としながらも、語りの実態は「私」と傍点を付した「もの」の世界なのである。

5　知の枠組からの解放／越境する身体

さて、「えぞ松の倒木更新」のテクストにおいて、まず語りの表層に現れた「自分」は、何者かが語った北海道固有の植物生態に感動したわけだが、その語られた内容は科学的な実証によって構築された知である。「自分」はそれを拠りどころにして、森林の景観を読もうとしたのであった。だからなのであろう、二日目に案内人とともにジープに乗って、森を見学に行った時の語りには、「しかし素人目にも、はっとすぐ納得のいく立派さをそなえている。」という案内人（玄人）／「自分」（素人）の知における差別化が顔を覗かせるのだ。興味深いのは、幸田文が指定枚数十二枚分を残そうと試みた時、この部分を消去してもいいと考えたことである。

小説「流れる」のヒロイン「梨花」は、素人／玄人という認識の枠組が支配する花柳界の女中になる。ヒロインがおのれの名前を消され、女中の普通名詞とでもいえる「春」にされたものの、やがてこの世界で「梨花」となっていく中で、この二分法は揺らいでゆく。それはともかくとして、幸田文がルポルタージュ「男」のように、取材を通して作品を書く場合に、もっぱら男（玄人）／女（素人）の枠組を活用している。この枠組を働く人／主婦と置き換えてもいい（幸田文が樹皮を木の着物と表現するのを、いかにも彼女らしいと受け入れる読者が多いが、それはこの枠組を無意識に取り込んでいる訳なのだ。だが、この見方は富良野の東大演習林職員が教えたものである）。幸田文が書いたルポルタージュ的な文章は、二つの枠組をバインドした主体が物語る世界である。このような主体は、ルポルタージュ「男」が象徴するように、結果として日本の高度成長期を演出したイデオロギーとそれを体現する男性性を支える性役割を果たしたに違いない。幸田文が出会った時代とどう向き合おうとしたのかを問う時、彼女は時代に自己を重ね合わせる方向を選択したように思える。

だが、六十歳になった幸田文には、これとは異なる道筋が見え始めていたのではないか。それを窺わせるのは、法輪寺三重塔再建事業への参加である。時を同じくして、大阪では万国博覧会の事業が展開していた。全く対照的な事業のうち、幸田文は斑鳩の古代建築に魅せられ、開幕した万博については全く言及していない。「木」の連載は万博が開催された翌年に始まったが、青木玉が「おぼえていること（五）」[*7]で、「木」に関する裏舞台を語っている。それによれば、「木」や「崩れ」の取材はこれまでのやり方とは違って、「専門家の方々に助言を受けながらも、母自身がすべて計画して実行していました。」という。

出版メディアの紐付きではなかったことは、ルポルタージュ的な書記行為を行なう主体の上に影を落したに違いない。メディアが要請する役割を演じるか、演じないかの選択は、自分の手の中にある。この選択は、メディアの中で表象し続けた幸田文の創作主体の根幹にもかかわる。彼女が何を選び取ったかは、「えぞ松の倒木更新」で明らかにされている。

それは語りの中に登場する人物の設定から読み取れるだろう。まず、姿を現すのは「自分」であるが、彼女は先に引用したように、自身を「素人」、案内人を「玄人」という認識を抱いている。しかし、このような森を見る知の枠組を離れて、木に対した時、木にも案内人も伝達し得ない内情を抱え込んでいた。このディスコミュニケーションを体現する者として、「私」は物語の世界に現れるのだ。その「私」が倒木更新をどのようにして読み取っていったかは、前述の通りだ。手掛かりは案内人の説明ではない。その説明もカタログ化された知であって、実際に「私」の質問に対して的確な答えになっていないのだ。だから、「私」は「身」によって、案内人が有する知では照らし出せない「木のからだ」を読み解こうとするのだ。

この「私」は、知の枠組をなぞってきた「自分」ではない。彼女はたどり着いた「木のからだ」と向かい合って、「木というものは、こんなふうに情感をもって生きているものなのだ。今度はよほど気を配らないと、木の秘めた感情はさぐれないぞ、ともおもった。」と語っているが、木を物とすることで構築された知が、「もの」として存在するが故に孕む「情感」なるものを対象化し得るわけがないのだ。だから、案内人は一言もコメント出来ない。近代科学をベースにした場合、これは格物致知どころではない。

ここに至って、気づくことがある。なぜ指定枚数に合わそうとした時、時間や場所、さらには作中人物を朧化しようと試みたのか。そこはもう近代的知によって認識し得ない時空だからだ。

「木の肌の上は苔の衣で満遍なく厚く被われてある。自然の着せた屍衣という感じ。多少怖じる気を敢えておさえて、両手の指先に苔をおしのけてみる。苔の下もぐしょぐしょ。茶褐色の、もろけた、こなごなした細片が手につく。これが元の樹皮だ。もっと掻き分ける。その下はややかたい」。このように、「私」は倒木を語るのだが、生と死はこの世界を区切る尺度ではない。それどころか、見出された生と死は、「私」の身体を揺り動かせる実体である。そのために「私」は怯えるのだが、この感情はまさに人間の死体を想起した故に湧き起こったのだ。テクストが表象するように、「私」は「木のからだ」／人間の死体をいじくる。死体に手をかける瞬間、「私」は疾しさに襲われるが、こうした倫理の枠組を乗り越えることで、生と死を一体として捉える地点に立つのだ。

行き過ぎた自然開発の弊害が顕在化した七十年代、自然保護運動が官民を問わず、立ち上がってきた。朝日新聞社が肝いりになって発足したのが、森林文化協会である。そこに大企業の重役が名を連ねている。森林文化協会のコンセプトは、資本の論理から見えてきた自然保護に尽きている。エコブームの世相を反映して、樹木の話が量産されているが、幸田文の『木』もエコブームの流れの中で単行本化された。だが、幸田文は見ての通り、エコロジーとは無縁である。彼女はメディアが発信する流行と異なる回路で「木のかたち」に出会ったのだ。

ところで、消去されたテクストが日の目を見ていたら、どうだったろう。筆者は現行のテクストよりも格段にいいと思うのだ。もし、あれが活字となって幸田文の眼前に現れていたら、「木」の語りの世界は少し違っていたかもしれない。

注

＊1　「幸田文さんとの樹をめぐるお話」（『幸田文全集』月報19　平成七年六月）。

＊2　「新潮」平成四年八月号に掲載。
＊3　「朝日新聞」昭和四十六年九月三十日夕刊に掲載。
＊4　「波」平成四年六月号に掲載。
＊5　「グリーン・パワー」は昭和五十四年一月に創刊。
＊6　『幸田文全集』月報19（平成八年六月）に掲載。
＊7　「婦人公論」昭和三十四年一月から同年十二月まで連載。
＊8　『幸田文全集』月報18（平成七年五月）に掲載。

メディアと幸田文／／
文学散歩

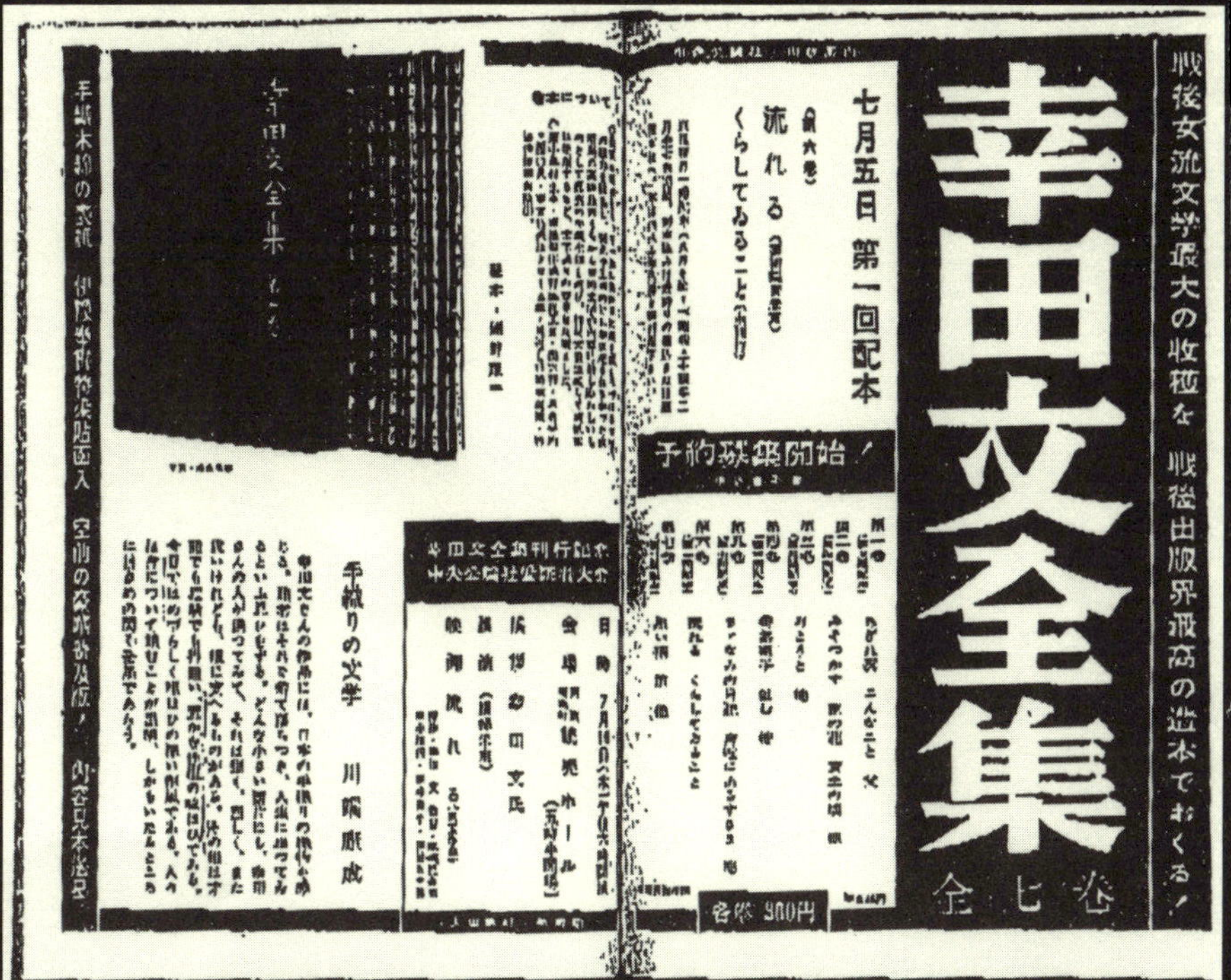

中央公論社版『幸田文全集』第五巻の広告
（「婦人公論」昭和34年７月号）

幸田格子一反を百名様に贈呈——中央公論社版全集と幸田格子——

幸田文が第三作目「葬送の記——臨終の父露伴——」を「中央公論」に発表して以降、翌年の「みそつかす」連載、「婦人公論」に「草の花」、「おとうと」の長期連載というように、中央公論社との深いつながりが出来た。

中央公論社刊の『黒い裾』（昭和三十年七月）が読売文学賞に輝き、『おとうと』（昭和三十二年九月）がベストセラーとなり、幸田文の文運は上げ潮に乗っていた。折しも三十四歳の青年社長、嶋中鵬二が「婦人公論」編集長となり、ミス婦人公論大募集などの派手な企画を打ち上げ、「毎月一万部ずつ増える雑誌」をキャッチ・フレーズにして、「婦人公論」は飛躍的な部数を売り上げていた。

執筆開始から十年余りの新進作家が、全集刊行を実現することは破格の扱いといわねばならない。嶋中鵬二は高度成長期の日本さながらにきらきらした文才を発揮する幸田文に、時代のうねりを直観したのだろうか。「幸田格子」は嶋中さんのアイディアではなかったでしょうか、と青木玉は推測しているが、中央公論社版全集はまさに嶋中鵬二なくしては考えられない企画であった。

「出版界に誇る全集ベストセラーの双璧」というコピーによって、幸田文全集は谷崎潤一郎全集とともに刊行予告がなされる（「週刊読書人」昭和三十三年五月五日）。さらに、「戦後女流文学最大の収穫！戦後出版界最高の造本！　只今注文殺到」のロゴが広告文に踊っているのだが、ここより中央公論社が幸田文全集に対し、いかに熱を入れていたかが窺われよう。

当然、幸田文全集の広告キャンペーンは「婦人公論」誌上を中心に展開していく。そのコンセプトは幸田文即ち縞の着物姿、というビジュアルな通念を最大限に活用することだった。幸田格子はこのコンセプトから生まれたアイディアで、「婦人公論」昭和三十三年七月号の広告には、「従来手工芸的にしか生産されなかった衣服用の高級品のうちから幸田文学の内容に最も応わしいものとして民芸の手織木綿を選び、特に大量生産して表紙布に使用」と謳っている。この布は、長野県下諏訪の浦野織維工業で織られたもので、この広告には「幸田文さんの作品には、日本の手織りの織物を感じる」と語り出された川端康成の推薦文「手織りの文学」が添えられている。

さらに幸田文全集刊行記念中央公論社愛読者大会の予告（七月十日、東京有楽町の読売ホール開催）があり、成瀬巳喜男監督作品「流れる」の上映も掲げられている。映像芸術とのメディアミックスによって、多数の読者を巻き込んでいく戦略の背景に、黄金期にあった日本映画の力強さが彷彿としてくる。

このような広告は目次にも記載されない投げ込み頁に刷られるものだ。それに対して、「婦人公論」昭和三十三年七月号の巻頭グラビア「初夏の幸田さん――諏訪湖畔にて――」は、読者の眼に強くアピールしたはずである。このグラビアは幸田格子を着た主人公が、織手の浦野理一を訪ねるフォト散歩であった。六枚の写真にはそれぞれにキャプションが付いているが、幸田格子について触れてあっても、全集には一切言及していない。読者が全集広告に注意した時、「全集の〝着物〟を装って、幸田文が歩いている」と驚く。このあざやかな効果――。

幸田文全集内容見本は原色刷の幸田格子で彩られ、浦野理一の「『幸田格子』を織る」が載っている。

書き出しは「本のために布を織る——染色の研究をはじめてから既に四十余年になる私の生涯において、これは想像もしなかった画期的な出来事である」。幸田格子の柄は江戸末期の播州木綿の中から選び、丹波地方に伝わる民芸の織り味で織ったもので、「本に布を着せるということは、著者である幸田さんにこの布をお着せすることだ」と考えていたという。グラビア「初夏の幸田さん」のことを想起し、続けてこのように述懐している。「ある初夏の日、幸田格子を見事に着こなした幸田さんが諏訪湖畔にある私のささやかな手織工場を訪れて下さった。一列に並んだ機械から一斉に織り出されてゆく「幸田格子」を熱心に見つめる幸田さんの美しい姿を眺めながら、私は染織に一生を捧げてきた喜びをいまあらためて感じるのであった」と——。

このようにして「幸田格子」という装幀物語が織り上げられていったのだが、「婦人公論」昭和三十三年十一月号に掲載された幸田文全集第三巻（『おとうと』を収録）の広告には、再び着物をきた幸田文の全身写真が刷り込まれ、幸田文学と暮し、装いの連関が強調されていくのだ。

全巻完結記念愛読者サービスとして、「幸田格子一反を百名様に贈呈」の広告が打たれたのは、「婦人公論」昭和三十四年三月号誌上だった。全集の売り行きがどうであったかは詳らかでない。第一次幸田ブームの下で刊行された全集が売れなかったはずはなかろう。完結まで付き合ってくれた愛読者に対し、幸田格子の着物に袖を通して、幸田文の文学世界をご堪能下さい、という粋な趣好だったのだろうか。五月号には抽選に立会う幸田文の肖像写真と百名の当選者が載っている。

これはまた、なんと念の入った全集の幕切れであろうか。

二人の編集者が語る「木」、「崩れ」の創作現場

昭和二十六年十二月以来、丸善発行の「學鐙」の編集をほとんど一人で手掛けた本庄桂輔が、昭和四十六年一月から昭和五十九年六月まで、途中に中断を挟みながらもねばり強く連載を続けさせたのが「木」である。他社の編集者は、本庄桂輔だからこそ出来たことだと驚嘆したという。連載第一回目「えぞ松の倒木更新」は雑誌の巻頭に置かれ、本庄は「頌春」と題した編集後記に、「今年は〝新春読物〟と銘打って、まず、幸田先生のいかにも正月にふさわしい松の一文」を得たと書き、「これは先生のお言葉を借りれば、市井の一女性の眼でみた「木」との因縁を辿る連作の劈頭に書かれたものです。どういう因縁があるかは回を重ねるに従ってわかります。寡作の先生が掲載誌をお選びになるのに自由なことは、多少その道に通じている者なら誰にでも肯けることですが、先生は私の願いを容れて決して巻頭を飾るものではないがと念を押されつつ、今後も不定期ながら小雑誌に下さるとのことです。」と続けている。「木」の断続的な連載は当初から折り込み済み、幸田文のいわゆる見てある記の歩調に合わせる、という編集者と執筆者の阿吽の呼吸によって進行していったわけである。

本庄が次に「木」の消息記事を書いたのは昭和五十一年一月であった。編集後記「新春に当って」には「ここ何年か幸田先生の「木」の続編をという読者の声は絶えなかった。」と、「木」の好評がしるされたあと、幸田文が法輪寺三重塔建立のために執筆が中断していたことが明かされている。そし

て幸田文の近況に触れながら、「一時は随分健康もそこなわれたようだが、女の身でよく頑張られたものと、今更乍らその精神力を身に沁みて感じた。疲労の快復やお住居の修復も大変だったろうが、漸く「木」の続編のため九州に旅をされ、一月号にという私の願いを容れてこの美事な文（「杉(1)」筆者注）を頂いた。」と記している。

幸田文の体調不良のため、予定した原稿が間に合わなかったこともあったらしい。編集後記「追憶」（昭和五十一年五月）の「今月は幸田先生の御病気で急遽パリの朝吹先生にサラ・ベルナール展に就てお願いした。」にはいささか慌てた本庄の姿が窺われる。「木」の連載は前述のように昭和五十九年六月で終了しているが、この号の編集をもって、本庄は丸善を退社した。編集後記「お別れの言葉」には、「幸田文氏の「木」と題すエッセイなどは「朝日」の文芸欄で石川淳氏が激賞されたのを初め絶讃を博したのは忘れられません。」という回想が綴られている。幸田文は書き継ぐ材料があったようだが、本庄の退任によって、この連載は打ち切りとなった。

＊

見てある記「崩れ」を手がけた編集者は田中郁子である。昭和五十一年九月号の「婦人之友」に載った次号予告には「新連載小説　幸田文」となっている。この時点ではタイトルが未定だったらしい。新連載小説は十月号の奥付頁で「崩れ」と告知された。

「崩れ」の連載開始は昭和五十一年十一月、その「編集室日記」欄に、脱稿直後の幸田文の様子を伝えた田中の短文が載っている。日付は九月二十二日。「「いつもとちがう手ざわりのものになりました」

と幸田さんが第一回の原稿を渡して下さる。お願いしてから半年余、今感動していることしか書けない、それをどうしたら読む方に伝えられるかと、暑い夏、何度か現地へ足を運ばれた。雪にならないうちに立山へ、上高地へとスケジュールも組まれている。大自然の姿と人間の心を結ぶさまざまな哀歓を、読者の方々と共に感じ、考えたい、「ぜひ皆さんの感想をたえず聞かせてほしい」とは切なご希望」。翌月号以降、「読者のたより」欄に「崩れ」に対する感想が寄せられた。野村淑子「詩情豊か「崩れ」」（昭和五十一年十二月）、中原三十四の「「崩れ」に寄せる期待」（昭和五十二年一月）、アメリカ在住のモモコ・イケダの「「崩れ」作者の気魄に打たれる」（昭和五十二年七月）など。幸田文は期待通り、このような読者の反応を手掛かりにしながら、執筆を続行したのである。

昭和五十二年七月号の「編集室日記」欄には、田中の安倍川同行記が掲載されている。日付は五月七日。「「崩れ」を執筆中の幸田さんは、日本各地の実地をみながら勉強を積まれているが、きょうは安倍川。」、「この日の計画をたてられたのは、昨年十一月号に洪水について書かれた木下良作さん。「どうして?」「なぜ?」の連発に丁寧に答えておられる。」、「幸田さんが楓の芽吹きを訪ねての帰途、作品のきっかけとなるこの崩れと出会われたのが、偶然一年前のきょうであったという。もう四、五回も案内されている林業会議所の春日さん、建設省河川事務所の所長さんも同行され、はじめての私には印象深い一日であった。」。どうして?、なぜ?を連発する幸田文の気息がいきいきと伝わってくるではないか。

幸田文を愛してやまなかったこのような名編集者たちが、果たした役割は大きい。

〈文学散歩〉

文のあしあと――小石川

青梅を頂点とする扇状の開析三角州、武蔵野台地の東端、半島状に突き出た小石川台地が千川（小石川）に浸食され、起伏に富んだ地形をなす。田無方面から流れる千川が作り出した小石川の谷は水道橋あたりからはじまり、大塚駅に至る長い谷である。烏丸光廣はこの流れを、「久かたの月見る宿のすずしさも隣りありけり名川の水」と詠んでいる。

小石川は江戸時代にその大部分が寺社地だったため、今も護国寺、伝通院、白山神社、簸川神社をはじめ、六十有余の寺社が散在している。樋口一葉の「にごりえ」に登場する❶こんにゃく閻魔（小石川二―二三―一四）は、こんにゃくを断って祈ると眼病にきくというので、一月と七月の十五日には参詣者でにぎわったという。❷一葉の終焉の地、丸山町四番地（現・西片一―一七―一七）に一葉・樋口夏子碑が立っている。❸善光寺（小石川三―一七―八）は、明治三十六年、表町に居を構えた徳田秋声が「黴」の中で描いている。東京大学などの文教地区を控えた小石川一帯は出版、印刷、製本の町であり、久堅町百八番地（現・小石川四―一四―一二）にあった❹博文館印刷所（共同印刷）は、徳永直の「太陽のない街」の舞台となった。

❶こんにゃく閻魔
❷一葉終焉の地
❸善光寺
❹博文館印刷所（共同印刷）
❺小石川蝸牛庵
❻結婚時代の家
❼幸田延住居
❽礫川堂
❾田村富国堂
❿伝通院
⓫小石川植物園

蝸牛庵がある表町一帯（現・小石川、春日）の様子を『小石川区勢総覧』（昭和九年十二月、東京世論新聞社）から抜き出してみよう。

表町　東の一部は中富坂町の北隅に対して上富坂町を俯瞰し、西は久堅町に隣り、南隅の一角は竹早町に面し、南は大門町を擁し、北には戸崎町を控へて居る。本町は地勢高低あれども、概ね高燥で地域が頗る広い。慶長八年閏八月の創設にかゝり、元は伝通院前表町と称し、同院門前のみの地名で、武家地及寺地であつたが、明治五年同院全域を合併し、単に表町と改称して今日に至つたのである。本区内要衝の地点に当り、道路四通八達せる為め、往来頗る頻繁で、善光寺坂は、本町を横断する要路である。

幸田文・文学地図

❺小石川蝸牛庵（小石川区表町79、現・小石川三―一五―一〇）
昭和二年五月、露伴が建て、昭和二十年三月十日の東京大空襲によって焼失。

火事跡は思ひ出の宝石箱である。土の中にはいろんな物がある。かつては地上にあつてそれぐの役に生きてゐたが、いまは壊れて用をなさぬもの、たとへば瀬戸物のかけら、ゆがんだ金物などが埋れてゐる。（略）それらを見れば、何もみな思ひ出でないものは無く、ことにも父と直接につながつてゐるものに逢つては、なつかしさに天を仰いで呼びたく、さびしさに地に伏して泣きたいおもひがする。

（「かけら」）

幸田文が露伴を迎えるために再建し、昭和二十二年十月に菅野から転居。昭和二十七年十一月三日に都の文化財に指定された。

いきなり門前ががやがやして、幹事らしい若い男がはひつて来ると、いまから見学しますと申しわたされる。こゝは個人の宅であり、家は狭くてフルに使つてゐる。といふことは、個人の生活がむき出しにそこへ置かれてゐるといふことだ。

（「踏み入る史蹟めぐりの人々」）

飯沢匡は蝸牛庵の電話番号（03―92―0642）を「流れる」の舞台で借用したという。

かつて幸田文さんの名作小説『流れる』を花柳章太郎、水谷八重子の新派のために脚色したことがあるが、その中の人物の美人の芸妓が恋人と落合う旅館の電話番号をしゃべったら急に客席の一隅から笑声が起った。（略）そして笑声が起ったのは、丁度その日、幸田さん一家が揃って観に来ていらしたからである。

（「凶器『電話』との戦い」）

❻結婚時代の居住地（小石川区表町109、現・小石川三丁目）

昭和六年秋、芝区伊皿子五十五番地から転居。

道に人影はなく前日まで降っていた雪が両側に高くかき集められ、細いが人の通れる幅だけがつながっている。私の家の門のわきに外燈があってそれに灯がともっていた。／お家はあそこだ、ちょっと行ってみよう、ちょっと行ってすぐ帰ってくればいい。

（青木玉『帰りたかった家』）

❼幸田延住居（小石川区表町109、現・小石川三丁目）

「女の世界」大正五年五月号の「大正婦人録」に著名な音楽家として妹・安藤幸（本郷区駒込西片町十番地居住）とともに小石川区表町百九番地在住と紹介されている。幸田文は誤まって記憶していたらしい。

明治四十五年春、隅田川は溢れた。その頃にはお延叔母さんの家は小石川表町から糀町紀尾井町へ移つてゐ、相変らずおばあさんが家事を見てゐた。私と弟は預けられた。

（「みそつかす」）

❽礫川堂（小石川区表町6、現・春日一丁目）

樋口くにが経営していた新刊屋。幼い青木玉は電話で注文していた本を取りに行かされたという。

姉の文才のかげに隠れて妹の邦子さんのことは云はれないが、このひとは実務処世の才能のあつた人である。

（「一葉きやうだい」）

❾田村富国堂（小石川区表町16、現・春日二―二四―一二）

大正十五年十二月、文はチフスに感染したが、父母から仮病と疑われた。行きつけの田村富国堂主人、田村富次郎のチフスという見立てで疑いが晴れて入院、翌年一月全快した。現在の薬局名は文京ファーマシー。

弟は私にははつきりと礼を云つたが、父には「お父さん」と呼びかけただけで、あとはもう口が利けずに亡くなつてしまつた。／その直後、今度は私がチフスにやられて、熱のあひだをさまよつた。やうやく癒えたとき迎へに来た父は、「旅に出よう」と病院からそのまゝに、私を連れて新橋へ行つた。

（「水仙」）

❿伝通院（文京区小石川三―一四―六）

慶長七年、家康の生母の遺骸を葬ったのを機に、徳川家の帰依篤く、関東十八檀林の一つとして盛観を極めた。墓地内に千姫、杉浦重剛、佐藤春夫の墓所がある。

その当時の伝通院さんでは、華鳥彩色透彫のやさしい扉を持つ門で、門に続く塀は平たい瓦を塗りこんだ分厚いものだった。

（「お寺さんと坂」）

⓫小石川植物園（文京区白山三―七―一）

貞享元年、小石川御殿内に薬園が置かれて以後、徳川吉宗の時代に御殿地がすべて薬園となり、養生所が開設された。明治十年、東京大学付属小石川植物園となり、今日に及んでいる。同園内で農学部実験圃場の山中寅文と出会い、木の見て歩きが始まった。

で、私ね、植物園に行ったんです。で、キョロキョロ見てたんです。そこで植物園で、植物をやっている方とお友達になりました。（略）教えて下さいって、私、その方にお願いしました。そしたら、私のしゃべることをいろいろ聞いてらしてね。あなたみたいな変なふうに植物に興味をもつ人は北海道へ行きなさいっていわれたの。随分変でしょう。

（「くせ」）

初出一覧（原題を記した。）

それは笑顔で始まった――幸田文のセルフイメージとメディア――『幸田文の世界』一九九八年一〇月、翰林書房刊

幸田文『みそつかす』論――「向嶋蝸牛庵」／中廊下型住宅というトポスをめぐって――
奈良大学「総合研究所所報」二〇〇六年三月

幸田文『流れる』論――花柳界における情報媒体としての「女中」の物語――「始更」二〇〇三年一〇月

幸田文『おとうと』論――大正期、「不良」の身体性――「始更」二〇〇二年一〇月

幸田文『番茶菓子』論――暮しの情報発信者、というセルフイメージ――「始更」二〇〇五年一二月

幸田文「台所のおと」論――ディスコミュニケーションの現場を構築する語りの方法――「始更」二〇〇七年一月

「回転どあ」のむこう――日本の戦後空間と幸田文――
幸田文『回転どあ・東京と大阪と』二〇〇一年二月刊、講談社文芸文庫

幸田文「えぞ松の倒木更新」論――語りが孕むフィクション世界の位相――「始更」二〇〇四年一二月

メディアと幸田文

幸田格子一反を百名様に贈呈――中央公論社版全集と幸田格子――
『幸田文の世界』一九九八年一〇月、翰林書房刊

二人の編集者が語る「木」、「崩れ」の創作現場
『幸田文の世界』一九九八年一〇月、翰林書房刊

文学散歩　小石川
『幸田文の世界』一九九八年一〇月、翰林書房刊

後記——試行錯誤の途上にて——

一九九八年以降、断続的に書き継いで来た八篇余を纏めることにした。幸田文について書き始めてから十年、ひと区切りを付けるには良い頃合いである。

講談社文芸文庫の野村忠男氏から電話をいただいたのは、一九九二年の冬であった。幸田文の『ちぎれ雲』を刊行するので、年譜を作成して欲しいという注文である。幸田文の言いまわしを使うなら、「鉛筆が転がってきた」のだ。

思いがけず、この小さい鉛筆が転がり続けて、岩波書店版『幸田文全集』の編集協力にかかわることになった。ここで編集協力の金井景子、小林裕子、佐藤健一氏、そして全集担当編集者・高本邦彦氏と校正担当者・守屋泰子氏から教えを受ける機会に恵まれた。それから快く幸田文情報を提供して下さった岩崎努氏と出会えた。良いテクストを作ろうという全集関係者の一体感が、論集『幸田文の世界』の編集刊行へと繋がったのだが、それは刺激に溢れる体験であった。

ところで、巻頭の「それは笑顔で始まった——幸田文のセルフイメージとメディア」は、論文ではなく読んで面白いものを書こう、という『幸田文の世界』の編集意識から生まれた。それ以降、「幸田文」というテクストを読み解きながら、自分が生きてきた戦後世界のメディアを眺めてきたわけだが、この試みにはいつの間にか、「楽しんで幸田文」という総題が付くようになった。「楽しんで幸田文」は論集の編集スタッフが唱えた合言葉のようなものだったから、これも自然な成り行きである。

通読してみると、論述の重複が目に立つ。その整理をするとともに、意に満たぬ箇所には加筆や訂正を施した。

終わりに、名前を記した諸氏、幸田文とかかわるチャンスを与えて下さった勝又浩氏、今は雑誌「始更」の仲間である野村忠男氏と菊川稔英君、さらに日本近代文学会の編集委員会で同席して以来、よきアドバイスを下さっている関礼子氏に心よりお礼を申し上げたい。『幸田文の世界』を各メディアに推奨して下さった泉下の小笠原賢二氏にも――。

また小著刊行に際して、幸田文ファンにも届くようにと、本のタイトル、帯文、装幀を心掛けて下さった林佳恵氏、別して出版を快くお引き受け下さった翰林書房主に感謝したい。

*

本書を闘病中の畏友、神長正晴氏に捧げる。

【著者略歴】

藤本寿彦（ふじもと・としひこ）

1952年、愛媛県生まれ。奈良大学国文学科教授。

主要業績／著書 『水夫の足―丸山薫の事など―』（1993年8月、七月堂刊）／編著 人物書誌体系10『丸山薫』（1985年5月、日外アソシエーツ刊）／共著 『幸田文の世界』（1998年10月、翰林書房刊）、『日本のアヴァンギャルド』（2005年5月、世界思想社刊）、『日本文芸史 第七巻』（2005年10月、河出書房新社刊）／主要論文 「深尾須磨子点描―両性具有の文学性―」（「昭和文学研究」2000年3月）、「ロストジェネレーションへの眼差し―井上靖詩集『北国』の世界―」（「井上靖研究」2003年7月）、「田中冬二論―「郷愁」の詩的構造―」（奈良大学「総合研究所所報」2006年3月）、「谷川俊太郎論―詩集『二十億光年の孤独』に組み込まれた初期詩篇の世界―」（「奈良大学総合研究所所報」2007年3月）、「日本近代詩の転換期における百田宗治の位置」（科学研究費成果報告書「現代詩文献に関する基礎的研究」2007年3月）

幸田文「わたし」であることへ
――「思ひ出屋」から作家への軌跡をたどる――

発行日	2007年8月20日 初版第一刷
著　者	藤本寿彦
発行人	今井　肇
発行所	翰林書房
	〒101-0051 東京都千代田区神田神保町1-14
	電 話 03-3294-0588
	FAX 03-3294-0278
	http://www.kanrin.co.jp/
	Eメール●kanrin@mb.infoweb.ne.jp
印刷·製本	アジプロ

落丁・乱丁本はお取替えいたします

ISBN4-87737-253-8